ÁGOTA KRISTÓF

ÖNEMİ YOK

Can Modern

Önemi Yok, Ágota Kristóf
Fransızca aslından çeviren: Feyza Zaim
Cést égal
İlk (bu çeviriye kaynak alınan) baskı: Seuil, 2005

1. basım: Kasım 2023, İstanbul
Bu kitabın 1. baskısı 5 000 adet yapılmıştır.

Dizi editörü: Şirin Etik
Düzelti: Aylin Samancı Elmasdağ
Mizanpaj: Bahar Kuru Yerek

Sanat yönetmeni: Utku Lomlu / Lom Creative (www.lom.com.tr)
Kapak tasarımı: Ata Uzuner / Lom Creative (www.lom.com.tr)

Baskı ve cilt: Pasifik Ofset
Cihangir Mah. Güvercin Cad. Baha İş Merkezi A Blok No: 3/1 2. Kat
Avcılar, İstanbul
Sertifika No: 44451

ISBN 978-975-07-6225-3

CAN SANAT YAYINLARI
YAPIM VE DAĞITIM TİCARET VE SANAYİ A.Ş.
Maslak Mah. Eski Büyükdere Cad. İz Plaza Giz, No: 9/25, Sarıyer / İstanbul
Telefon: (0212) 252 56 75 / 252 59 88 / 252 59 89 Faks: (0212) 252 72 33
canyayinlari.com
yayinevi@canyayinlari.com
Sertifika No: 43514

ÁGOTA KRISTÓF

ÖNEMİ YOK

ÖYKÜ

Fransızca aslından çeviren
Feyza Zaim

can

Ágota Kristóf'un Can Yayınları'ndaki diğer kitabı:

Okumaz Yazmaz, 2023

ÁGOTA KRISTÓF, 1935'te Macaristan'da doğdu, Sovyet karşıtı bir devrimin ordu tarafından şiddetle bastırılmasının ardından, kocası ve bebeğiyle 1956'da ülkesinden kaçmak zorunda kaldı. İsviçre'nin Neuchâtel şehrine yerleşti, orada bir saat fabrikasında çalıştı, bir yandan da Fransızca öğrendi, tiyatro oyunları yazdı. Sığındığı ülkenin dilinde kaleme aldığı roman üçlemesinin ilk kitabı *Büyük Defter*'i, *Kanıt* ve *Üçüncü Yalan* kitapları izledi. Bu üçleme onun tanınmasını sağladı. Kitaplarında savaşın dehşeti ve bunun insanlar, bilhassa çocuklar üzerindeki etkisi, ötekilik, göçmenlik, anadil ve kimlik üzerine yoğunlaştı. Birçok saygın ödüle layık görüldü. 2011'de İsviçre'deki evinde öldü.

FEYZA ZAİM, Notre Dame de Sion Fransız Kız Lisesi 79 mezunudur. Yükseköğrenimini İstanbul Üniversitesi Edebiyat Fakültesi Fransız Dili ve Edebiyatı Bölümü'nde tamamlamıştır. Başlıca çevirilerinden bazıları: Nathalie Sarraute, *Altın Meyveler*, Robert Pinget'den, *Fantoine*, *Agapa Arasında* ve *Mösyö Songe*, *Libera*, Jean Boisselier'den *Buda'nın Bilgeliği*. Türkçe olarak kaleme aldığı, *Aspa-Hana* adlı bir eseri de vardır.

İçindekiler

BALTA

"Buyrun doktor bey. Evet, burası. Evet sizi çağıran bendim. Kocam bir kaza geçirdi. Evet, sanırım durumu ciddi. Hatta çok ciddi. Üst kata çıkmamız lazım. Yatak odamızda. Bu taraftan. Kusura bakmayın, yatak dağınık. Ortalığı kan revan içinde görünce elim ayağım tutmaz oldu haliyle. Temizleyecek cesareti bulabilecek miyim bakalım. Olduğu gibi bırakıp çıkar gider başka bir yerde yaşarım herhalde.

Oda burası işte, buyrun. Şurada, yatağın yanında, halının üzerinde. Kafasına balta saplanmış. Muayene etmek ister misiniz? Tabii yapın muayenenizi. Gerçekten saçma sapan bir kaza, değil mi? Uykusunda yataktan düştü, tam da şu baltanın üzerine düştü.

Evet, balta bizim. Normalde salonda durur, şöminenin yanında, odun kesmek için.

Yatağın yanında ne işi mi var? Hiçbir fikrim yok. Baltayı komodinin kenarına kendisi yaslamış olmalı. Hırsız girer diye korkuyordu herhalde. Evimiz epey tenhada.

Ölmüş diyorsunuz ha? Ben de görür görmez anlamıştım öldüğünü. Yine de en iyisi bir doktor baksın da kesin kararı o versin diye düşünmüştüm.

Telefon etmek mi istiyorsunuz? Ah sahi ya! Ambulans çağıracaksınız değil mi? Polis mi çağıracaksınız? Neden polis çağıracaksınız ki? Altı üstü bir kaza. Alt tarafı yataktan düştü, baltanın üzerine. Evet biliyorum, pek sık olmaz böyle kazalar. Ama bunun gibi bir sürü saçma sapan iş gelebiliyor insanın başına.

Ah! Yoksa baltayı yatağın kenarına benim koyduğumu mu düşünüyorsunuz, üstüne düşsün diye? Ama yataktan düşeceğini nasıl bilebilirdim ki!

Yoksa onu benim ittiğimi mi düşünüyorsunuz, sonra da sakin sakin uyuduğumu, kocaman yatağımızda nihayet tek başıma, horultusunu işitmeden, kokusunu duymadan!

Hadi canım, aklınıza böyle şeyler getiriyor olamazsınız doktor bey, yok artık...

Doğruya doğru, iyi uyudum. Yıllar var ki böyle iyi uyumamıştım. Sabahın 08.00'inde uyanabildim ancak. Pencereden dışarıyı seyrettim. Rüzgâr vardı. Beyaz, gri, puf puf bulutlar güneşin önünde oynaşıyorlardı. Kendimi mutlu hissediyor ve bulutların nasıl da bilinmezliklerle dolu olduklarını düşünüyordum. Belki dağılıp gideceklerdi –öyle hızlı geçip gidiyorlardı ki– belki de bir araya gelip tepemizden aşağı yağmur halinde ineceklerdi. Benim için fark etmezdi. Yağmuru çok severim. Zaten bu sabah her şey bana harika görünüyordu. Kendimi hafiflemiş, bir yükten kurtulmuş gibi hissediyordum, öyle uzun zamandır taşıyormuşum ki o yükü... İşte tam o sırada başımı çevirdim ve kazanın farkına vardım, hemen size telefon ettim.

Siz de mi telefon etmek istiyorsunuz? Telefon şurada. Ambulans çağırıyorsunuz. Cesedi götürmek istiyorsunuz değil mi?

Ambulansı benim için mi çağırdınız? Hiçbir şey anlamıyorum. Yaralı değilim. Hiçbir yerimde ağrı sızı yok, çok iyi hissediyorum kendimi. Geceliğimin üzerindeki kan, kocamın kanı o, üzerime fışkırmıştı, tam da..."

KUZEY TRENİ

Parkta bir heykel, terk edilmiş garın yakınında. Bir köpek ve bir adamı tasvir ediyor.

Köpek ayakta, adamsa diz çökmüş, kollarını köpeğin boynuna sarmış, başını hafifçe eğmiş.

Köpek gözlerini dikmiş garın sol tarafında uzanan uçsuz bucaksız ovaya bakıyor, adam gözlerini, köpeğin sırtının üzerinden dümdüz ileriye dikmiş, uzun zamandır hiçbir trenin geçmediği ot bürümüş raylara bakıyor.

Hizmet dışı bırakılana kadar gar sayesinde hayata bağlanan kasaba terk edilmiş. Doğa ve sessizlik sevdalısı bir avuç kasabalı yaz aylarını geçirmeye hâlâ buraya geliyor ama hepsinin otomobili var.

Bir de parkta gezinen, köpek heykelini yonttuğunu ve hayvana sarıldığı sırada –onu çok seviyormuş çünkü– taşlaşıp kaldığını söyleyen yaşlı adam var.

O halde nasıl olup da hâlâ karşılarında kanlı canlı durabildiğini sorduklarında, bir sonraki Kuzey trenini beklediğini söylüyor saf saf. Artık Kuzey'e tren olmadığını, hiçbir yere tren olmadığını söylemeye kimselerin dili varmıyor. Arabayla götürmeyi teklif ediyorlar ama başını iki yana sallayıp itiraz ediyor.

"Hayır, arabayla olmaz. Garda bekliyorlar beni."

Gara, Kuzey'deki hangi gara isterse oraya götürmeyi teklif ediyorlar.

Yine başını sallıyor.

"Hayır, teşekkür ederim. Trenle gitmem gerek. Mektup yazdım. Anneme. Ve karıma. Akşam sekiz treniyle geleceğimi yazdım. Karım çocuklarla birlikte beni garda bekliyor. Annem de bekliyor. Babam öldüğünden beri onu toprağa vermek için bekliyor. Cenazeye gideceğime söz verdim. Karımla çocuklarımı da tekrar görebilmeyi umuyorum... Terk ettiğim karımla çocuklarımı. Evet terk ettim onları. Büyük bir sanatçı olmak için. Resim yaptım, heykel yaptım. Şimdiyse geri dönmek istiyorum."

"Ama tüm bunlar ne zaman yaşandı, annenize, karınıza yazdığınız mektuplar, babanızın cenazesi, yani hepsi?"

"Tüm bunlar... beni bırakmak istemeyen köpeğimi zehirlediğim zaman yaşandı. Ceketime, pantolonuma asılıyor, trene binmek istediğimde acı acı uluyordu. Ben de onu zehirledim ve heykelin altına gömdüm."

"Heykel var mıydı o zaman?"

"Hayır, ertesi günü yaptım onu. Buraya, köpeğimin mezarının üzerine yaptım heykelini. Kuzey treni geldiğinde onu son bir kez daha kucakladım ve... boynuna sarıldığım anda taşlaştım kaldım. Ölü olsa bile onu bırakıp gitmemi istemiyordu."

"Ama yine de buradasınız işte, tren bekliyorsunuz."

İhtiyar gülüyor:

"Sandığınız kadar deli değilim. Var olmadığımı çok iyi biliyorum, taştanım ben, köpeğimin sırtına uzanmış kalmış... Buradan artık tren geçmediğini de biliyorum. Babamın çok uzun zamandır toprağın altında olduğunu da, annemin, onun da öldüğünü ve beni hiçbir garda beklemediğini, kimsenin beni beklemediğini biliyorum. Karım yeniden evlendi, çocuklarım yetişkin oldu. Ben ihtiyarım efendim, çok ihtiyar, düşünebileceğinizden çok daha ihtiyar. Ben bir heykelim, hiçbir yere gitmeyeceğim. Tüm bunlar yalnızca köpeğimle benim aramda, yalnızca ikimizin bildiği, yıllar boyu oynadığımız bir oyun, onunla tanıştığım anda çoktan kazandığı bir oyun."

EVİMDE

Bu hayatta mı olur artık, yoksa başka bir hayatta mı?

Evime döneceğim.

Dışarıdaki fırtınadan ağaçlar çatırdayacak ama artık içime korku salamayacak, ne kırmızı bulutlar ne de şehir ışıkları.

Evime döneceğim, hiç sahip olmadığım evime ya da hatırlayamayacağım kadar uzaklardaki evime; çünkü oradayken aslında kendimi hiçbir zaman, asla evimde hissetmedim.

Yarın, şu evim dediğim şeye sahip olacağım nihayet, büyük bir şehrin yoksul bir semtinde. Yoksul bir semt, zira insan yoktan nasıl zengin olur, dışarlıklıyken, hiç yeri yurdu olmamışken, zengin olmayı da istememişken?

Büyük bir şehirde, zira küçük şehirlerde yoksulların oturduğu birkaç evden başka bir şey yoktur, yalnızca büyükşehirlerde olur sokaklar, hem de sonsuza uzanan, benim gibi insanların kafa kafaya geldiği karanlık sokaklar.

O sokaklarda evime doğru yürüyeceğim.

Rüzgârların dövdüğü, mehtabın aydınlattığı o sokaklarda yürüyeceğim.

Hava almaya çıkmış şişman kadınlar tek kelime etmeden geçip gidişime bakacaklar. Ben, içim mutlulukla dolu, herkesi selamlayacağım. Yarı çıplak çocuklar bacaklarıma dolanacak, bir yerlerde büyüyecek, zengin ve mutlu olacak benimkilerin niyetine, kaldırıp kucağıma alacağım onları. Onları, birilerinin çocuklarını okşayacağım, onlara pırıltılı ve nadide şeyler hediye edeceğim. Dereye düşen sarhoş adamı da kaldıracağım, gece yarısı haykırarak koşan kadını teselli edeceğim, derdini dinleyeceğim, sakinleştireceğim onu.

Evime vardığımda yorgun düşmüş olacağım, yatağa uzanacağım, herhangi bir yatağa, perdeler uçuşacak, süzülen bulutlar gibi.

Zaman böyle böyle geçip gidecek.

Ve gözkapaklarımın altından, hayatım dediğim kötü rüyaya ait görüntüler gelip geçecek.

Ama canımı acıtamayacaklar artık.

Evimde olacağım, yalnız, yaşlı ve mutlu.

KANAL

Adam kayıp giden hayatına bakıyordu.

Birkaç metre ötesinde arabası hâlâ yanıyordu. Yer kırmızı ve beyazdı, kan ve kar, aybaşı kanı ve meni, daha uzaktaysa ışıktan bir kolyenin çevrelediği dağların çivit mavisi.

Adam şunları düşünüyordu:

"Çok erken yakıyorlar ışıklarını. Daha gece olmadı. Yıldızlar. İsimlerini bilmiyorum. Hiç bilmedim."

Mide bulantısı, baş dönmesi. Adam uykuya dalıyor yeniden ve aynı rüyayı, kâbusu görüyor, aynısını, hep aynısını.

Doğup büyüdüğü şehrin sokaklarında yürüyor ve oğlunun yanına gitmeye çalışıyor. Onu şehirdeki evlerden birinde, geçmişte kendi babasını beklediği evde.

Ama o kayboluyor, gördüğü yerleri tanıyamıyor; sokağını, evini bulması imkânsız görünüyor.

"Her şeyi değiştirmişler, her şeyi."

Ana meydana varıyor, evler etrafında ışıldıyor, evet, hepsi sarı metalden ve camdan yapılmış, bulutlara doğru yükseliyorlar.

"Ne yapmışlar böyle? Korkunç!"

Anlıyor sonra.

"Altın bulmuşlar. Yaşlıların sözünü ettiği altını, kayalardaki altını, efsanelerdeki altını. Onu bulmuşlar ve altından bir şehir inşa etmişler, eşsiz bir şehir, bir kâbus şehri."

Meydandan ayrılıyor ve kendini iki yanına ahşap evlerin, derme çatma ahırların sıralandığı eski bir sokakta buluyor. Yer tozlu, tozun içinde yalınayak yürümek çok hoş.

"İşte benim sokağım, buldum onu, kaybolmamışım meğer, burada değişen bir şey yok."

Yine de etrafta tuhaf bir gerilim hüküm sürüyor.

Adam arkasını dönüyor ve sokağın öbür ucundaki pumayı görüyor. İpeksi kürkü yakıcı güneş altında ışıldayan, bej ve altın renklerde görkemli bir hayvan.

Her şey yanıyor. Evler, ahırlar alev alev ama adam bu iki ateşten duvar arasındaki yürüyüşüne devam etmek zorunda çünkü puma da yürümeye başlıyor ve görkemli, ağır adımlarla onu belli bir mesafeden takip ediyor.

"Nereye sığınmalı? Kaçış yok. Ya alevlerin ya da sivri dişlerin arasında kalacak. Belki de sokağın aşağısına gitmeli? Bu sokak bir yerlerde son buluyor olmalı, sonsuzluk diye bir şey yok, bütün yollar son bulur, bir meydana çıkar, bir başka sokağa. İmdat!"

Bağırdı. Puma hemen dibinde, tam arkasında. Adam arkasına dönmeye cesaret edemiyor artık, daha fazla ilerleyemiyor, ayakları yere gömülüyor. Anlatılmaz bir dehşetle, hayvanın sonunda sırtına atlayacağı, onu omuzlarından uyluklarına kadar yırtıp kafasını parçalayacağı ânı bekliyor.

Ama puma bütün azametiyle yanından geçip gidiyor, daha önce orada olmayan, bir anda belirip kafasını okşamaya başlayan çocuğun ayaklarının dibine uzanıyor.

Çocuk korkudan taş kesmiş adama bakıyor.

"Kötü bir hayvan değil, benim o. Korkmayın, et yemez, yalnızca ruhları yer."

Alevler yok artık, yangın sönmüş, bütün yol yumuşak, soğumuş küllerle kaplı.

Adamın yüzü bir gülümsemeyle aydınlanıyor.

"Sen benim oğlum musun yoksa? Beni mi bekliyordun?"

"Kimseyi beklemiyordum ama sen benim babamsın sahiden. Takip et beni."

Çocuk onu güçlü projektörlerle aydınlatılmış, sarı yansımalı bir nehrin aktığı şehrin dış çeperine götürüyor. Sırtüstü yatmış, gözlerini yıldızlara çevirmiş siluetler kendilerini akıntıya bırakmış geçip gidiyorlar.

Adam kıkırdıyor.

"Rüya varlıkları mı? Evet tabii, yaşlılar. Babamla annem oradalar işte, sonsuz gençlik nehrinin içinde."

Yaldızlı bir heykeli andıran puma, devasa bir binanın ön cephesine uzanıyor.

"Hayır," diyor puma, "aptalın tekisin. Gülme. Bu sonsuz gençlik ırmağı değil, şehrin atıklarını taşıyan kanalizasyonları. Ölüleri ve atıp kurtulmak istediğimiz, vicdan azabı, hatalar, terk edişler, suç, cinayet gibi her şeyi alıp götüren kanalizasyonlar."

"Cinayetler de mi işlendi?"

"Evet. Bunların hepsi berrak kefaret suyuyla taşınır. Ama ölüler geri gelir, deniz onları kabul etmez. Onları buraya geri getiren başka bir kanala aktarır. Sonra da geçmiş zaman ruhları gibi şehrin etrafında döner dururlar."

"Mutlu görünüyorlar oysa."

"Yüzleri sonsuz bir nezaket ifadesiyle donup kaldı. Ama ne hissettiklerini kim bilebilir?"

"Sen, muhtemelen."

"Ben yalnızca dış yüzünü görürüm. Tespit ederim."

"Neyi tespit edersin?"

"Başka bir dışyüzle çevrelenmiş her dışyüzün bir içyüze dönüştüğünü, elbette aynı şekilde, bir başka içyüzü içeri kabul eden bir içyüzün dışyüze dönüştüğünü.

"Anlamıyorum."

"Hiç önemi yok. Öleceksin, kanala düşeceksin ve şehrin etrafında dönüp duracaksın."

"Hayır, ben ölürsem yıldızlara uçarım."

"Kuşlar bile ölünce düşer ve senin kanatların bile yok."

"Oğlum?"

"İşte şurada, arkanda, sana o yardım edecek."

Çocuk, adamın sırtına dokunmak için cılız elini kaldırıyor ve adam çığlık bile atmadan düşüyor. Gözlerini artık göremediği yıldızlara dikerek kanalın sularına kapılıp gidiyor.

Çocuk omuz silkip uzaklaşıyor.

Puma iç geçiriyor:

"Böyle işte, nesilden nesile."

Koca kafasını ön ayaklarının üzerine yatırıyor ve bina yerle bir oluyor.

BİR İŞÇİNİN ÖLÜMÜ

Hece, pencereyle çiçek vazosu arasında asılı vaziyette, anlamsız, tamamlanmamış.

Çarşafların üzerine N harfinin yarısını çizen zayıflamış parmaklarının hareketi tamamlanmamış.

"Hayır!"

Ölümün sana yaklaşmaması için gözlerini açık tutmanın yeterli olacağını sanıyordun. Var gücünle açık tuttun gözlerini ama karanlık çöktü ve seni kollarına aldı.

Daha dün, o cumartesi günü, ki şimdiden çok uzaklarda, midene ilk sancı yumruğu indiğinde yıkamayı bitiremediğin arabanı düşünüyordun.

"Kanser," demişti doktor, hastane yatağının temizliği dehşete düşürüyor seni.

Ellerin bile günden güne, haftadan haftaya, aydan aya beyazlaştı. O iflah olmaz yağ silinip gidince tırnakların kırılmaz olmuştu, memur tırnakları gibi uzun ve pembeydi artık.

Akşamları, gece lambalarından gelen yeşil ışıkların komşu yataklardaki hastaların yanaklarında, göz altlarında çukurlar açtığı salonda, hıçkırmadan, sarsılmadan, sessizce ağlıyordun, hiç ses çıkarmadan, yavaşça yastığa süzülen gözyaşlarından başka iz bırakmadan.

Hayır, yalnız değildin.

Gün gün ölen altı ya da yedi kişiydiniz. Fabrikadaki gibi. Orada da yalnız değildin, gün gün aynı şeyi yapan yirmi ya da elli kişiydiniz.

Fabrikan yalnızca saat imal etmiyordu, ceset de imal ediyordu.

Hastanede de, tıpkı fabrikada olduğu gibi, birbirinize söyleyecek sözünüz yoktu.

Sen, diğerlerinin uyuduğunu düşünüyordun ya da çoktan ölüp gittiklerini.

Diğerleri senin uyuduğunu düşünüyorlardı ya da çoktan ölüp gittiğini.

Kimse konuşmuyordu, sen de konuşmuyordun.

Artık konuşmak istemiyordun, bir şey hatırlamak istiyordun yalnızca ama ne olduğunu bilmiyordun.

Hatırlanacak bir şey yoktu.

Hatıralarını, gençliğini, gücünü kuvvetini, hayatını, fabrika hepsini almıştı. Sana sadece yorgunluğu, kırk yıllık çalışma hayatının öldürücü yorgunluğunu bıraktı.

ARTIK YEMEK YEMİYORUM

Çok geç. Artık yemek yemiyorum. Ekmeği ve sinir krizlerini reddediyorum. Memeyi de reddediyorum, her yenidoğana sunulan o sancılı süt imalathanesini.

Hayata tutunmamla birlikte mısır ve fasulyeyle beslediler beni.

Memleketimin uçsuz bucaksız tarlalarından birkaç patatesimizi çalarak birer tapınak inşa etmiştim, tatmadığım her yemek için.

Şimdi beyaz masa örtülerim, kristal bardaklarım, gümüş çatal bıçak takımlarım var ama somon ve geyik filetoları çok geç geldi soframa.

Artık yemek yemiyorum.

Gülümseyerek, akşam yemeğine davet ettiğim konuklarımın şerefine nadir bir şarapla dolu kadehimi kaldırıyorum. Boş kadehimi masaya bırakıyorum, beyaz ve ince parmaklarım nakışlı masa örtüsüne işlenmiş çiçekleri okşuyor.

Hatırlıyorum...

Ve memleketlerinin küçücük tarlalarından bizzat çekip aldığım tavşanın yahnisine iştahla gömülmüş konuklarıma bakıp gülüyorum.

Aslında en sevdikleri ev kedilerinden başkası değil yedikleri.

ÖĞRETMENLER

Okul yıllarımda, öğretmenlerime karşı güçlü bir sevgi besliyordum. Bende öyle büyük bir hayranlık ve saygı uyandırıyorlardı ki onları sınıf arkadaşlarımın terbiyesizliklerinden korumak zorunda hissediyordum kendimi.

Onlara yapılan gereksiz işkenceler kafamın tasını attırıyordu. Kötü not verseler bile. Kötü notların ne önemi var ki, öyleyse bu zayıf ve savunmasız varlıkların neden canını yakalım?

Hatırlıyorum da, hünerli arkadaşlarımdan biri, biyoloji öğretmenimizin arkasına sessizce süzülür, omurgasından sinirlerini çekip bize dağıtırdı.

O sinirlerle bir sürü eşya üretilebilirdi, müzik aletleri mesela. Sinir ne kadar çok kullanılmışsa sesi de o kadar tatlı gelirdi kulağa.

Matematik öğretmenimiz, biyoloji öğretmenimizden çok farklıydı. Sinirlerinden faydalanmak imkânsızdı. Bununla birlikte, kafası tamamen kel olduğundan pergelle üzerine mükemmel daireler çizilebiliyordu. Sonrasında bir sonuca varmak için çevre uzunluklarını özenle defterime not ettiğim daireler.

Kaba ve cahil arkadaşlarımın en büyük eğlencesi, öğretmen karatahtaya Pisagor teoreminin dik açılı üçgenini çizmek için bize arkasını döndüğünde –yukarıda sözü edilen sinirlerden yapılmış– sapanlarıyla, sinsice dairelerime nişan almaktı elbette.

Yetenekli edebiyat öğretmenimizden söz etmeden geçemeyeceğim. Kısaca, zira başkalarının okul anıları dinleyenlere sıkıcı gelir, biliyorum.

İşte bir keresinde bu adam beni mutat sabah uykumdan uyandırmak için kafama tebeşir fırlattı. Bu şekilde uyandırılmaktan nefret ederim fakat öğretmenlere ve tebeşirlere beslediğim sevgi öylesine derindi ki hiç kızmadım. O zamanlar kalsiyum eksikliğim yüzünden hayli tebeşir tüketiyordum. Biraz ateşim çıkıyordu ama okulu asmak için bu durumdan yararlanmaya kalkışmadım çünkü –sürekli söylediğim gibi– öğretmenleri ve özellikle de (aşırı yetenekli) edebiyat öğretmenini çok seviyordum.

İşte bu nedenle, öğrencileri tarafından katledilmiş bir şiir yüzünden ne çektiğini görünce acıdım zavallıya, tam öğlen on iki buçukta, okulun yanındaki parkta küçük kızların unuttuğu bir iple acılarına son verdim.

İnsani eylemim yedi yıl hapisle mükafatlandırıldı. Bununla birlikte, o yedi yıl bana öyle çok şey kattı, öyle çok şey öğretti, gardiyanlara beslediğim sevgi öylesine derin, hapishane müdürüne duyduğum hayranlık öylesine büyüktü ki bunun için asla pişmanlık duymadım.

Ama bu başka bir hikâye.

YAZAR

Hayatımın eserini yazmak için köşeme çekildim.

Büyük bir yazarım ben. Kimse bilmiyor çünkü henüz hiçbir şey yazmadım. Ama onu, kitabımı, romanımı yazdığımda...

İşte bunun için ayrıldım memuriyetteki görevimden ve bir de... başka nelerden? Başka hiçbir şeyden. Çünkü erkek arkadaşım hiç olmadı, kız arkadaşım hiç mi hiç olmadı. Yine de müthiş bir roman yazmak için dünyadan elimi ayağımı çektim.

Sorun şu ki romanımın konusunun ne olacağını bilmiyorum. Zaten her şey hakkında ve akla gelebilecek her türlü şey hakkında o kadar çok şey yazıldı ki.

İçten içe biliyorum, hissediyorum, büyük bir yazarım ben ama hiçbir konu, yeteneğime kıyasla yeterince iyi, güçlü ve ilginç gelmiyor bana.

Bekliyorum ben de. Beklerken de yalnızlığım ve açlığım yüzünden, zaman zaman da açlığım yüzünden acı çekiyorum elbette ama öyle umuyorum ki, işte tam da bu acı sayesinde yeteneğime yaraşır bir konu bulmamı sağlayacak ruh haline ulaşacağım.

Ne yazık ki konu kendini göstermiyor bir türlü ve yalnızlığım gitgide daha da ağır, daha da ezici bir hal alıyor, çevremi sessizlik kaplıyor, boşluk her yere siniyor, evim pek de büyük olmadığı halde.

Yine de şu üç korkunç şey, yalnızlık, sessizlik ve boşluk çatımı delip geçiyor, infilak edip yıldızlara ulaşıyor, sonsuzluğa yayılıyor ve yağanın yağmur mu yoksa kar mı, esenin fön mü yoksa muson rüzgârı mı olduğunu bilemiyorum artık.

Avazım çıktığı kadar bağırıyorum:

"Her şeyi yazacağım, yazılabilecek her şeyi."

Ve bir ses cevap veriyor bana, alaycı bir ses, yine de hiç değilse bir ses:

"Tamam evlat. Her şeyi, ama daha fazlasını değil, ha?

ÇOCUK

Şurada, bir kafenin terasında oturuyorlar. İnsanların geçip gidişini izliyorlar. İnsanlar her zamanki gibi, herkes gibi, olması gerektiği gibi, geçip gidiyorlar. Sıraları geldikçe geçip gitmeyi seviyor insanlar.

Bense peşlerine takılıyorum. Öfkeleniyorum, duruyorum, tükürüyorum, ağlıyorum sonra kaldırımın kenarına oturuyorum ve gelip geçene dil çıkarıyorum.

"Terbiyesiz bir çocuksun sen," diyor gelip geçenler.

"Evet, bizi utandırıyorsun," diyor annemle babam.

Onlar da beni utandırıyor. İstediğim tüfeği, o güzel tüfeği almadılar bana.

"Güzel bir oyuncak değil," dediler.

Ne var ki ben babamı askerde gördüm. Tüfeği vardı, gerçek bir tüfek, öldürmek için. Ama ben çocuklar için yapılmış güzel tüfekleri, Kızılderili tüfeklerini gördüğümde avlanmak, oyun oynamak için, dediler ki çok çirkin bir oyuncak, sonra da bana bir topaç aldılar!

Ben de burada, kaldırım kenarında oturuyorum işte. Kalkıyorum yerimden, öfkeleniyorum, ağlıyorum, tükürüyorum, bağırıp çağırıyorum:

"Terbiyesizsiniz, beni utandırıyorsunuz. Hep yalan söylüyorsunuz, iyi biriymiş gibi davranıyorsunuz. Büyüyünce öldüreceğim sizi!"

EV

On yaşındaydı. Kaldırıma oturmuş, mobilyaların ve kutuların yüklendiği kamyona bakıyordu.

"Ne yapıyorlar?" diye sordu gelip yanına oturan sokak arkadaşlarından biri.

"Ne sandın akıllım! Taşınıyorlar işte," dedi diğeri. "Büyüyünce taşımacı olmak istiyorum. Güzel meslek. Güçlü kuvvetli olmak lazım."

"Başka bir evde mi oturacaklar diyorsun yani?"

"Tabii, taşındıklarına göre."

"Zavallılar. Başlarına kötü bir şey mi gelmiş?"

"Neden kötü bir şey gelmiş olsun ki? Tersine. Daha büyük ve daha güzel bir evleri olacak. Onların yerinde olsam sevinirdim."

Bahçeye girdi, çimenlerin üzerine oturdu ve ağladı.

"Olacak iş değil. Bir evi başka bir ev için terk etmek, biri öldürülmüş gibi üzücü."

On beş yaşına geldiğinde şehir değiştirmişti. Kışın. Trenin penceresinden, çocukluğunun geride kalışını seyrediyordu. Sonra gülümseyerek annesine dedi ki:

"Umarım orası sana iyi gelir."

Ama bir gün, haziranın başında bir pazar günü eski evine yeniden ayak bastı.

Bu terbiyeli, sessiz, küçük oğlanı hep sevmiş olan engelli komşuları onu yeniden gördüğüne çok memnun oldu.

"Otur da anlat bakalım büyükşehirde haliniz nice oldu?"

"Burada hiçbir şey değişmemiş," diye cevap verdi oğlan, tek göz odaya göz atarak. "Bahçeye çıkmama izin verir misiniz?"

Bahçe çitini tek adımda aştı ve kendini yeniden çocukluğunda buldu.

Hava, güneş yüzünden fazlasıyla olgunlaşıp çürümeye yüz tutan ahududuların kokusuyla ağırlaşmıştı.

İlerledi ve onu gördü.

Ev oradaydı işte, hareketsiz, boş.

"Yorgun gibisin," dedi, "ama görüyorsun işte geri döndüm."

O günden sonra her hafta ziyaret eder oldu onu, seyrediyordu, konuşuyordu onunla.

Ekim yağmurunun evin gri duvarlarını acımasızca dövdüğü, pencerelerinse rüzgârda titrediği bir öğle sonrası, "Sen de benim kadar üzülüyor musun?" diye sordu ona. "Ağlama," diye bağırdı hıçkıra hıçkıra, "daima sana geri döneceğime söz veriyorum."

Pencerelerin birinden bir adam eğildi ve öfkeli bakışlarla bahçeyi süzdü.

"İçeride biri var," diye fısıldadı oğlan acıyla ezilerek, "içeriye bir başkasını almışsın, artık beni sevmiyorsun. Nefret ediyorum o adamdan!"

Pencere tok bir sesle kapandı ve tren yeniden yola koyuldu, çorak arazilerin arasından uçarak ilerledi.

Çok geçmeden okyanus ayırdı onları, sonra da zaman.

Oğlan artık koca adam olmuştu. Ve zaman ve okyanus ve büyükşehrin ışıkları, bulutlara değen evler, geceleri fısıldıyorlardı ona:

"Görüyorsun ya, görüyorsun, nasıl da uzaksın bana."

Yüzler, yığınlarca yüzler, birörnek yüzler, gürültü, tekdüzeliğiyle sessizliği andıran o anlamsız yaygara ve saatler, çanlar, ziller, telefonlar, kapitone kapılar, asansör homurtuları, kahkahalar ve o dayanılmaz çılgın müzik.

Tüm bunların ötesinde teslim olmuş, neredeyse gülünç bir ses, uzaklardan gelen, üzgün, yaşlı bir ses:

"Görüyorsun ya nasıl da uzaksın benden. Terk ettin, unuttun beni."

Küçük oğlan artık zengin bir adamdı. Bu yüzden evini, ilk evini yeniden inşa ettirmeye karar verdi. Daha pek çok evi vardı. Biri deniz kenarında, biri şık bir semtte, dağlarda bir şale. Ama o ilkine sahip olmak istiyordu, o eşi benzeri bulunmaz eve.

Bir mimara başvurdu, ona çocukluğunun evini karman çorman anlattı.

Mimar gülümsedi: Ondan hep gerçeklikten kopuk işler isterlerdi.

"Kesin rakamlara, ölçülere ihtiyacım var. Ölçüler olmadan hiçbir şey yapamam."

"Evet anlıyorum. Yazacağım, ölçü aldıracağım. En önemlisi veranda ve duvarlara tırmanan asmalar. Yaprakların ve üzüm salkımlarının üzerindeki tozları ihmal etmemek gerek elbette."

Ev inşa edildiğinde mimarın hakkını verdi.

"Evet tam da diğeri gibi olmuş."

Gülümsüyordu ama gözleri boş bakıyordu.

Birkaç gün sonra kimselere bir şey demeden gitti.

Oradan oraya, bir şehirden diğerine, uçaklara, gemilere, trenlere biniyordu.

Daima başka bir yere, hiçbir şeyin ona benzemediği yere. Büyükşehirlerin soğuk ışıkları güzel ve değişikti, onları sevmeyi aklına bile getiremezdi insan.

"Kopyasını yaptırdım. Ne gülünç iş. Sanki evvelce bildiklerimiz kopyalanabilirmiş gibi."

Büyük bir otel, hiçbir benzerlik yok. Merdivenlerde bir halı, holde bir halı.

"Size bir mektup var, bayım."

Asansörde mektubu açıyor.

"Neden gittin?"

Şok oluyor. Evler mektup yazmaz ki.

Meğer karısındanmış.

"Neden gittin?"

Doğru ya, neden?

Mektup masanın üzerinde öylece kalıyor. Yarın trenler yorgunluktan haykıran raylarının üzerinde daha uzaklara uçup gidecek. Öyle yorgun düşmüş ki raylar, arazinin ortasında kalakalıyorlar. Teknik arıza. Birinci sınıfın yataklı vagonlarından birinden bir adam çıkıyor. Kimselerin dikkatini çekmiyor. Tren yolundan aşağı iniyor, çorak, çamurlu bir arazide buluyor kendini. Tren yoluna gidiyor. Sesi silinmeye başlayınca adam konuşmaya başlıyor, "Yorgun gibisin," diyor. "Ama görüyorsun işte geri döndüm."

Hareketsiz, eski bir ev duruyor önünde.

"Ne kadar güzelsin."

Kırışık parmaklarıyla harap duvarları okşuyor.

"Bak işte. Kollarımı açtım kucaklıyorum seni, sevmeyi aklımdan bile geçirmediğim kadını kucakladığım gibi."

Evin verandasında bir oğlan çocuğu beliriyor, gözleri aya çevrili.

Adam yanına yaklaşıyor.

"Seni seviyorum," diyor ve kullanılmaktan yıpranmış bu kelimeleri ilk kez söylüyormuş gibi geliyor.

Oğlan ona sert bir bakış atıyor.

"Küçük oğlan," diyor adam, "neden aya bakıyorsun?"

"Aya bakmıyorum," diyor çocuk sinirli sinirli. "Aya bakmıyorum, geleceğe bakıyorum."

"Geleceğe mi?" diyor adam. "Gelecekten geliyorum ben. Çorak ve çamurlu topraktan başka bir şey yok orada."

"Yalan söylüyorsun, yalan söylüyorsun!" diye bağırıyor çocuk öfkeyle. "Orada aydınlık, para, aşk, çiçeklerle dolu bahçeler var!"

"Oradan geliyorum ben," diye usulca tekrarlıyor adam,"dediğim gibi, orada çorak ve çamurlu topraktan başka bir şey yok."

İşte o zaman tanıyor onu çocuk ve ağlamaya başlıyor. Adam utanç duyuyor.

"Biliyor musun, belki de ben çekip gittiğim içindir."

"Oh! İyi bari," diyor çocuk rahatlayarak, "ben asla gitmeyeceğim."

Verandada oturan yaşlı adamı gören kadın çığlık attı. Çığlığı duyunca kımıldamadı bile. Oysa ölmemişti henüz. Yalnızca orada oturmuş, gülümseyerek gökyüzüne bakıyordu.

KIZ KARDEŞİM LINE, ERKEK KARDEŞİM LANOÉ

"Kız kardeşim Line, sokaklarda geziniyorum, sana söylemeye korkuyorum ama sen biliyorsun zaten, kardeşim, aşkım, dudakların, kulak kıvrımların, kardeşim, senden başka kız yok hayatımda, bir sen varsın, kız kardeşim Line, çocukluğumdan beri gördüm seni, memesiz, cinsiyetsiz kalçalarını gördüm yalnızca geri kalanın aynı benim gibiydi. Kardeşim Line, yıllar geçti, sıkı kalçalarını, ürkek yüzünü, bitmez tükenmez hıçkırıklara titreyen dudaklarını yanı başımda hissettikçe deliye dönüyorum. Line, kız kardeşim Line. Bugün kirli çamaşırların arasında kanla lekelenmiş külotunu gördüm, kadın olmuşsun, seni satmam gerekiyor, ah kardeşim benim, kız kardeşim Line!"

"Kardeşim Lanoé, böyle mi oluyormuş bu işler? Erkek kardeşim Lanoé, bu akşam çıktın gittin. Ben orada, ihtiyarlarla yalnız kalmıştım, korkuyordum çünkü burada değildin. Sonra yatıp uyudu onlar, ihtiyar adamla ihtiyar kadın, sen kardeşim Lanoé, geri dönmedin. Uzun zaman pencere önünde bekledim, sen başka bir adamla dönene kadar. Odama girdiniz, sen ve öbür adam, yapmamı istediğin her şeyi yaptım. Ben bir kadınım, kardeşim Lanoé, ihtiyar adama ve sana olan borcumu biliyorum, seve seve de yapıyorum, kardeşim Lanoé, bedenimi herkese sunmak istiyorum. Yine de ihtiyarlar uyurken elimi tut, öbürü bana sahip olurken saçlarımı okşa. Sev beni Lanoé, kardeşim, aşkım ya da boynuma ipi geçir.

ÖNEMİ YOK

Yukarıda, aşağıda mavi tepeliler, devedikenleri. Birisi bir şarkı söylüyor.

Ne fark eder ki, güzel bile değil, hüzünlü bir şarkı, eskilerden, çok eskilerden.

"Peki yarın? Kalkınca nereye gideceksin?"

"Hiçbir yere. Ya da belki yine de bir yerlere giderim."

Ne önemi var ki, sonuçta hiçbir yerde rahat yok. Uyumak zor işte, her yerde saatler var, çanlar çalıyor.

"Mendilinizi serin beyefendi. Diz çökmek istiyorum."

"Buyrun."

Tramvayda ikisi vardı yalnızca. Biri çanı çalar, diğeri biletlere delik açardı.

Son durakta inecek yoktu. Yine de bütün tramvaylar orada dururdu. Binecek kimse de yoktu.

Önemi yok.

Karşılıklı diz çöküyorlar, iki çift laf ediyorlar.

"Benimle sohbet etmek ister misiniz?"

"Dua etmek istediğinizi sanmıştım."

"Ettim bitti."

"Ah iyi öyleyse. Gidebiliriz o zaman. Size telefon ederim yarın."

"Ne var ne yok?"

"Çocuklar nasıl?"

"Teşekkür ederim. Şimdilik iki hastamız var. En büyükler ısınmak için dükkânlara giriyorlar. Sizde ne var ne yok?"

"Her zamanki gibi işte. Köpeğimiz yıkandı. Taksitle mobilya aldık. Kar yağıyor zaman zaman."

POSTA KUTUSU

Günde iki sefer posta kutumun kapağını kaldırıyorum. Sabah 11.00'de ve akşam 17.00'de. Postacı genellikle daha erken geçer, sabah 09.00-11.00 arası değişen saatlerde, bir de öğleden sonra 16.00'ya doğru.

Postacının geçtiğinden emin olmak için posta kutumu kontrol etmeyi olabildiğince geciktiriyorum, boş posta kutusu beni boş ümitlere sürükleyebilir yoksa, "Belki de henüz gelmemiştir," derim kendi kendime ve daha geç bir saatte, bir kere daha aşağı inmem gerekir.

Boş bir posta kutusunu açtığınız oldu mu hiç?

Olmuştur mutlaka. Herkesin başına gelir bu. Ama sizin umurunuzda değil posta kutusunun boş olması ya da içinde bir şeyler, kayınvalidenizden bir mektup, bir sergi davetiyesi ya da arkadaşlarınızın tatilden attığı kartlar olması.

Benim bir kayınvalidem yok, olamaz da zaten, bir karım olmadığına göre.

Annem babam da yok, erkek ve kız kardeşlerim de.

Her halükârda, bunu tam olarak bilmem imkânsız.

Bir yetimhanede doğdum. Orada doğmadım elbette ama dünyada olduğumun bilincine orada vardım.

Başlarda bana doğal görünüyordu bu durum, hayatın böyle olduğunu sanıyordum, büyüğüyle küçüğüyle, iyisiyle kötüsüyle bir sürü çocuk ve bizi daha büyüklerden korumak için orada bulunan birkaç yetişkin. Başka yerlerde, anası babası, kız ve erkek kardeşleri olan, şu aile denen şeye sahip çocuklar olduğunu bilmiyordum.

Sonraları karşılaştım onlarla; anneleri babaları, kız ve erkek kardeşleri olan, bir başka dünyanın çocuklarıyla.

İşte o zaman, kendim için bir anne ve baba hayal etmeye başladım, benim de bir annem babam olmuştu mutlaka, bebekleri leylekler getirmez ne de olsa, kız kardeşler ve oğlan kardeşler de hayal ettim elbette ya da çok da abartmadan, bir erkek ya da kız kardeş.

Umudumu posta kutusuna koydum.

Bir mucize bekliyordum, şöyle bir mektup: "Jacques, nihayet seni buldum.

Ben senin erkek kardeşinim, François."

Elbette şöylesini tercih ederdim:

"Jacques, nihayet seni buldum ben senin kız kardeşinim, Anne-Marie."

Fakat ne François ne de Anne-Marie buluyordu beni. Ben de onları bulamıyordum.

Annemden ya da babamdan gelecek bir mektupla da yetinebilirdim. Onların hâlâ hayatta olduklarını düşünüyorum, oldukça gencim. Birinden biri bana şöyle bir şey yazsa mesela:

Annem:

Sevgili Jacques, halinin vaktinin yerinde olduğunu öğrendim. Bulunduğun konuma geldiğin için seni kutlarım. Bense hâlâ seni dünyaya getirdiğim zamanlardaki kadar sefalet ve yokluk içindeyim. Ama hiç değilse senin rahatta olduğunu öğrendiğime memnunum. Seni bağrıma basmayı, sonsuza dek kollarımda tutmayı çok istememe rağmen senden ayrılmak zorunda kalmamın, seni istediğim gibi büyütememememin nedeni, beni karnımda seninle terk edip giden babandır. Artık yaşlıyım, belki bana biraz para gönderirsin, ne de olsa annenim senin, yaşı yüzünden kimselerin artık iş vermek istemediği, sefalet içindeki annen. Seni seven ve sık sık düşünen annen.

Babam:

Sevgili oğlum. Hep bir oğlum olmasını istemiştim, seninle gurur duyuyorum, halin vaktin yerinde. Nasıl becerdin bilmiyorum, hayattaki başarını neye borçlusun, hayatım boyunca kürek mahkûmu gibi çalışmış olsam da ben hiçbir konuda başarılı olamadım.

Annen sana hamile olduğunu söylediğinde gemiye binip uzaklaştım, limanlarda ve barlarda geçirdim hayatımı ve bir yerlerde bir karım ve oğlum olduğunu, kazandığım azıcık parayı, ikinizi düşündükçe içimi yakan acıyı boğmak için içkiye harcadığımdan sizinle olamadığımı düşündükçe kahroldum. Şimdilerde, alkolün ve çektiğim acıların etkisiyle zayıf düştüm, bana artık gemilerde iş vermiyorlar. Limanlarda ne iş olsa yapıyorum ama elimden fazla bir iş de gelmiyor çünkü yaşlıyım. Hal böyleyken, eğer mümkünse, vaziyetimi de göz önünde bulundurup bana biraz para gönderebilirsen çok makbule geçer. Seni hayatı boyunca seven baban.

İşte böyle mektuplardı beklediğim, nasıl büyük bir sevinçle koşardım yardımlarına, nasıl büyük bir mutlulukla cevap verirdim çağrılarına.

Ama posta kutumda böyle şeyler bulamıyordum, ta ki bu sabaha kadar.

Bu sabah bir mektup aldım. Şehrin en büyük müteahhitlik firmalarının birinden geliyordu. Tanınmış bir firma. Resmî bir mektup olduğunu sandım, bir iş teklifi. Ben bir dekoratörüm. Ama mektup şöyle başlıyordu:

Oğlum,

Benim için yalnızca bir gençlik hatasıydın. Sorumluluklarımı üstlenmedim ama annene iyi imkânlar sağladım, çalışmasına gerek kalmadan sana bakabilirdi ama onun bütün yaptığı, paramın üzerine oturup serkeş hayatına devam etmek için seni bir yetimhaneye yerleştirmek oldu. (Öğrendiğime göre on yıl kadar önce ölmüş.)

Ben çok göz önünde bir insan olduğum için seninle doğrudan ilgilenemedim zira halihazırda bir karım ve çocuklarım vardı.

Yine de seni hiçbir zaman unutmadığımı ve dolaylı yollardan seninle her zaman ilgilendiğimi bilmeni isterim. (Okul paralarını, Güzel Sanatlar Fakültesi'ndeki bursunu karşılayan bendim.)

Şunu da kabul etmem gerekir ki sen de iyi iş çıkardın, kutlarım seni. Bu bakımdan bana çekmiş olmalısın, ben de hayata sıfırdan başladım.

Ne yazık ki başka oğlum olmadı. Yalnızca kızlarım var, damatlarımsa bir işe yaramazlar.

Artık hayatımın son demindeyim, bu durumun nasıl karşılanacağı umurumda değil. İşlerimin idaresini sana emanet etmeye karar verdim çünkü yorgunum ve dinlenmek istiyorum.

Dolayısıyla 2 Mayıs, saat 15.00'te, antetli kâğıtta belirtilen adresteki büroma gelmeni rica ediyorum.

Baban

Devamında da imzası.

Otuz yıllık bekleyişin ardından babamdan aldığım mektup bu işte.

Ve 2 Mayıs, saat 15.00'te sevinçle bürosuna gideceğimden emin.

2 Mayıs'a on gün var.

Bu akşam bir havalimanında oturmuş, Batı Hint Adaları'na gidecek uçağı bekliyorum.

Neden mi Batı Hint Adaları?

Neresi olsa olurdu, "babam"ın beni bulamayacağı kadar uzak olsun yeter.

YANLIŞ NUMARALAR

Burada, şu telefon numaramla başıma daha ne işler gelecek bilmiyorum. Birçoğuyla aynısı oluyordur herhalde. Şikâyet ettiğim yok. Her çalışı tekdüze hayatıma renk katıyor. İşsiz kaldığımdan beri bazen sıkılıyorum biraz. Her zaman değil, çok fazla değil. Günler insanı hayrete düşürecek kadar hızlı geçiyor. Zaten çok kısa olan tek bir güne nasıl olup da sekiz çalışma saati sığdırabildiklerine şaşıyorum bazen.

Öte yandan akşamlar uzun ve sessiz. İşte bu yüzden memnun oluyorum telefonun çalmasına. Çoğunlukla ve neredeyse her zaman yanlış numara çevirmelerine rağmen.

İnsanların dikkatleri öyle dağınık ki.

"Lanthemman Tamirhanesi mi?" diye soruyorlar.

"Hayır, teşekkür ederim," diyorum utangaç utangaç. (Her vesileyle teşekkür etme alışkanlığından kurtulmam gerek.) "Yanlış numarayı aradınız."

"Olacak iş değil," diyor hattın diğer ucundaki adam, "Serrières ve Areuse arasındaki otoyolda kaldım."

"Üzgünüm," diyorum, "size yardımcı olamam."

"Orası Lanthemman Tamirhanesi mi değil mi yani?" diyor sinirlenmeye başlayarak.

"Lanthemman Tamirhanesi olmadığım için kusura bakmayın ama size yardımcı olabileceksem..."

Telefonda hep nazik olmaya çalışırım, hiçbir işe yaramayacak olsa bile. Belli mi olur? İnsan bazen ilişkiler kurar, arkadaşlar edinir.

"Evet, bir bidon benzin getirerek yardımcı olabilirsiniz bana."

Sesinde umut var, tam bir enayiye denk geldiğini düşünüyor ki yalan da değil.

"Üzgünüm beyefendi, benzinim yok, yalnızca bir miktar yakacak alkolüm var."

"Yak öyleyse, geri zekâlı!" diyor ve telefonu kapatıyor.

Yanlış numaralar hep böyledir işte. Elinizde istedikleri şey yoksa hemen sizden yüz çevirirler. Biraz sohbet edebilirdik oysa.

Başıma gelen en güzel yanlış aramayı hatırlıyorum. Bırakmıştım uzun uzun çalsın telefon. Son derece karamsar bir dönemdeydim. Arayan bir kadındı. Gecenin onunda.

Ardında nice acılar saklayan bıkkın bir ses tonu takındım.

"Alo?"

"Marcel?"

"Evet?" dedim ihtiyatlı bir şekilde.

"Ah Marcel, sonsuzluk kadar uzun bir zamandır seni arıyordum."

"Ben de."

Doğru bu, ne zamandır hep onu arıyorum.

"Sen de mi? Ben de öyle umuyordum. Hatırlar mısın gölün kıyısında?"

"Hayır, hatırlamıyorum."

Böyle söyledim çünkü dibine kadar dürüstümdür ben, yalan söylemeyi sevmem.

"Hatırlamıyor musun? Sarhoş musun?"

"Olabilir, sıkça sarhoş olurum ben. Ayrıca adım Marcel değil."

"Elbette," diye cevap veriyor bana. "Benim adım da Florence değil."

İyi, bu da bir şeydir, adının ne olmadığını biliyorum hiç değilse. Tam kapatmak üzereydim ki birdenbire şöyle diyor:

"Doğru, Marcel değilsiniz. Ama güzel bir sesiniz var."

Susup kalıyorum. Ama o devam ediyor konuşmaya:

"Çok hoş bir ses, derin, tatlı. Sizi görmek, tanımak isterdim."

Susuyorum hâlâ.

"Orada mısınız? Neden konuşmuyorsunuz artık? Yanlış numarayı aradığımı biliyorum, Marcel değilsiniz, yani bana adının Marcel olduğunu söyleyen siz değilsiniz."

Yine bir sessizlik, bilhassa da benim tarafımda.

"Orada mısınız? Adınız ne? Benimki Garance."

"Florence değil mi?" diye soruyorum.

"Hayır Garance. Ya sizin adınız?"

"Ben Lucien." (Bu doğru değil ama Garance da doğru değil bence.)

"Lucien? Güzel bir isim. Ne dersiniz, buluşsak mı?"

Hiçbir şey söylemiyorum. Ter alnımdan gözlerime akıyor.

"Eğlenceli olabilirdi," diyor Garance, "sizce de öyle değil mi?"

"Bilmiyorum."

"Umarım evli değilsinizdir?"

"Hayır, evli mi, hayır." (Ben, evlilik, olacak iş mi?)

"E öyleyse?"

"Evet," diyorum.

"Evet, ne?"

"Buluşabiliriz isterseniz."

Gülüyor:

"Sanırım çekingen birisiniz. Çekingenleri severim." (Marcel adında o yüzden karar kılmış olmalı.) "Dinleyin, size bir teklifim var. Yarın öğleden sonra 16.00 ile 17.00 arasında Café du Théatre'da olacağım. Yarın cumartesi, çalışmıyorsunuzdur umarım."

Doğru tahmin ediyor. Cumartesileri çalışmıyorum, ne cumartesileri ne de diğer günler.

"Üzerimde..." –devam ediyor– "Durun bakayım, ekose bir etekle gri bir gömlek ve siyah bir yelek olacak. Kolayca tanırsınız beni. Esmerim, saçlarım orta uzunlukta. Bekleyin." (Başka bir şey yaptığım yok zaten.) "Önüme, masanın üzerine kırmızı kapaklı bir kitap koyacağım. Peki siz?"

"Ben mi?"

"Evet, sizi nasıl tanıyacağım? Uzun musunuz, kısa mısınız, zayıf mısınız, şişman mısınız?"

"Ben mi? Nasıl isterseniz. Orta boylu sayılırım, ne şişman ne de zayıf."

"Bıyığınız, sakalınız var mı?"

"Hayır hiçbiri yok. Alışkanlık işte, her sabah tıraş olurum." (Her üç ya da dört günde bir, duruma göre değişir.)

"Kot pantolon mu giyeceksiniz?"

"Elbette." (Doğru değil bu ama bunu seviyor olsa gerek.)

"Ve siyah, bol bir kazak sanırım."

"Evet, genellikle siyah," diye cevap veriyorum onu memnun etmek için.

"Tamam," diyor, "saçlarınız kısa mı?"

"Evet, kısa ama çok da değil."

"Sarışın mısınız, esmer mi?"

Canımı sıkıyor. Saçlarım kırçıllı kahve fakat bunu itiraf edemem.

"Kumralım," diye uyduruveriyorum.

Hoşuna gitmezse umurumda da değil. İşin nerelere vardığına bakınca tipsiz bir adam olmayı tercih ederdim.

"Epey muğlak," diyor, "ama tanırım sizi. Koltukaltınıza bir dergi sıkıştırabilir misiniz?"

"Hangi dergiyi?" (Çok oluyor. Dergi okumam ki ben.)

"*Le Nouvel Observateur* diyelim."

"Peki, *Le Nouvel Observateur* alabilirim." (Ne olduğunu bilmiyorum ama bulurum.)

"Yarın görüşmek üzere o halde Lucien," diyor ve kapatmadan önce ekliyor: "Bence bu çok heyecan verici."

Heyecan verici! Böyle kelimeleri kolayca söyleyiveren insanlar var. Ben asla bu şekilde konuşamazdım. Söyleyemeyeceğim bir sürü kelime var. Mesela: "heyecan verici", "coşturucu", "şiirsel", "ruh", "ıstırap", "yalnızlık" vb. Bunları telaffuz etmeye dilim varmıyor işte. Sanki "bok", "pislik", " iğrenç", "orospu" gibi müstehcen, kaba saba kelimelermiş gibi utanıyorum söylemeye.

Ertesi sabah bir kot pantolon ve bol, siyah bir kazak satın alıyorum. Satıcı bana çok yakıştığını söylüyor ama bu tarza hiç mi hiç alışık değilim. Berbere de gidiyorum. Renklendirici şampuan öneriyor bana. Bırakıyorum yapsın, koyu kestane, mühim değil, olmazsa da gitmeyiveririm. Ama oluyor. Saçlarım çok güzel bir koyu kestane oluyor, ama hiç alışık olduğum bir tarz değil.

Eve dönüyorum, aynada kendime bakıyorum. Saatler geçiyor, hâlâ aynaya bakıyorum. Diğer kişi, o yabancı da bana bakıyor. Hoşuma gitmiyor. Benden daha iyi görünüyor, daha yakışıklı, daha genç; ama o ben değilim. Ben bu kadar iyi görünmüyordum, bu kadar yakışıklı, bu kadar genç değildim, ama göründüğüm gibi olmaya alışıktım.

Dörde on var. Gitmeliyim oraya. Çabucak üzerimi değiştiriyorum, eskimiş koyu kahve kadife takımımı giyiyorum, *Ancien Observateur*'ü[1] satın almıyorum ve dördü çeyrek geçe Café du Théatre'a varıyorum.

Oturup etrafıma bakınıyorum.

Garson geliyor, bir kadeh kırmızı şarap istiyorum. Etrafı kolaçan ediyorum. Kart oynayan dört adam, gözlerini boşluğa dikmiş sıkılan bir çift ve bir diğer masada tek başına oturan, gri tonlarda pilili bir etek, açık gri bir gömlek, siyah bir yelek giymiş bir kadın görüyorum. Üç gümüş zincirden oluşan uzun bir kolyesi de var. (Kolyeden söz etmemişti bana.) Önünde bir fincan kahve, kırmızı kapaklı bir kitap.

Mesafe yüzünden yaşını kestirmem imkânsız ama sanırım güzel, çok güzel, benim için fazla güzel.

Derinlerden bir çeşit yalnızlığın yansıdığı güzel, hüzünlü gözlerini de görüyorum, yanına gitmek istiyorum ama eski kadife takımımı giydiğimden kararsız kalıyorum. Tuvalete gidiyorum, aynaya göz atıyorum ve kestane rengi saçlarımdan utanıyorum. Beni ona doğru, hayal gücümün saçma sapan oyunundan başka bir şey olmayan o "bir çeşit yalnızlığın yansıdığı güzel hüzünlü gözlerine" doğru iten dürtüden de utanıyorum.

Salona dönüyorum, onu rahatça görebilmek için yakınındaki bir masaya oturuyorum.

Bana bakmıyor. Kot pantolonlu, siyah, bol kazaklı, koltukaltında dergi olan genç bir adamı bekliyor.

Kafenin saatine bakıyor.

Gözümü ondan alamıyorum, sanırım rahatsız oluyor bakışlarımdan, garsonu çağırıp kahvesinin parasını ödüyor çünkü.

Tam o sırada kapı açılıyor, daha doğrusu, kapının iki kanadı western filmlerindeki gibi iki yana ayrılıyor ve

1. Anlatıcı *Le Nouvelle Observateur*'ün (Yeni Gözlemci) adını yanlış hatırlıyor ve *Ancien Observateur* (Eski Gözlemci) diyor. (Ç.N.)

genç, benden daha genç bir adam giriyor ve Florence Garance'ın masasının önünde duruyor. Kot pantolonlu, siyah kazaklı; silahı ve mahmuzları olmadığı için neredeyse şaşırıyorum. Omuzlarına dökülen siyah saçları ve aynı renkte güzel bir sakalı var. Gözleriyle, ben dahil, etrafı tarıyor, konuşmalarını açıkça duyuyorum.

"Marcel!" diyor kadın.

O cevap veriyor:

"Neden aramadın beni?"

"Numarandaki bir rakamı yanlış anlamışım."

"Birini mi bekliyorsun?"

"Hayır, kimseyi beklemiyorum."

Oysa ben var olduğumu biliyorum, buradayım, beni bekliyordu ama bunu benden başka kimse bilmiyor ne yazık ki ve bunu onlara söylememde hiçbir sakınca yok.

Üstelik Marcel şöyle demişken:

"Eh madem öyle, gidelim mi?"

"Evet."

Kadın yerinden kalkıyor, gidiyorlar.

KIRSAL

Dayanılmaz bir hal alıyordu artık.

Bir zamanlar büyüleyici güzellikte olan küçük meydana bakan pencerelerinin altında araba gürültüleri, motor homurtuları dinmek bilmiyordu.

Geceleri bile. Cam açık uyumak imkânsızdı.

Yok, gerçekten çekilir gibi değildi artık.

Çocuklar evden çıkarken ezilme tehlikesi geçiriyorlardı. Bir saniye için bile huzur diye bir şey kalmamıştı.

Mucize eseri, sahibi tarafından terk edilmiş, gürültü ve kalabalıktan uzak, üstelik sudan ucuz o küçük çiftlik evini teklif ettiler ona. Elbette biraz onarım istiyordu. Çatı, boya badana. Bir de banyo yerleştirmeliydi. Hepsinin altından pekâlâ kalkabiliyordu.

Hiç değilse kendini evinde hissediyordu.

Sütü, yumurtaları, sebzeleri, komşu çiftlikten, şehirdeki büyük marketlerin gıda reyonlarındakilerin yarı fiyatına satın alıyordu. Üstelik temiz, doğal ürünlerdi bunlar.

Tek sıkıntı, arabayla günde dört kez kat edilen –yirmi kilometre– yoldu. Ama yirmi kilometre nedir ki! Çeyrek saatlik bir mesele.

(Trafik, kazalar, yolda arızalanan bir araç, polis kontrolü, sis, buzlanma ya da yoğun kar olmadığı zamanlar.)

Okul da biraz uzaktı ama yarım saatlik yürüyüş çocuklar için çok faydalı.

(Yağmur, kar, çok soğuk ya da çok sıcak olmadığı zamanlar.)

Hepsi bir yana cennetten bir köşeydi burası.

Şehre varıp da arabasını küçük meydana, hatta çoğunlukla bir zamanlar kendisine ait olan pencerelerin altına park ettiğinde kıs kıs gülüyordu. Egzoz borularından çıkan duman burnuna geldikçe ailesini bütün bunlardan kurtardığını düşünüyordu memnuniyetle.

Derken, o otoyol projesi çıktı.

Belediye binasına asılmış planları incelerken, altı şeritli yolun çiftliğinin tam ortasından ya da ortasına yakın bir yerlerden geçeceğini fark etti. Bu durum onu derinden sarstı ama hemen sonra aklına şu parlak fikir geldi: Otoyol, çiftliğinden ya da bahçesinden geçecekse istimlak parası ödenecekti. İstimlak parasıyla başka bir yerde, başka bir çiftlik satın alabilirdi.

Kafası rahat etsin diye, işin sorumlusundan bir görüşme talep etti.

Adam kendisini iyi karşıladı. Onu kibarca dinledikten sonra planları yanlış yorumladığını zira söz konusu otoyolun çiftliğinin yüz elli metre kadar ötesinden geçeceğini açıkladı. Sonuç olarak istimlak söz konusu değildi.

Otoyol inşa edildi –muhteşem bir çalışma– çiftlikle otoyolun arasında tam da yüz elli metre mesafe vardı gerçekten.

Zaten gürültüsü zor duyuluyordu, çabucak alışılan vızıltıya benzer daimi bir uğultu. Çiftlik sahibi, bu otoyol sayesinde işyerine daha hızlı ulaşacağını düşünerek kendini teselli etti.

Yine de tedbiren, sütü komşu çiftlikten almaktan vazgeçti, çünkü çiftçinin inekleri şimdi büyük yolun kenarında otluyordu ve herkesin bildiği gibi yol kenarlarındaki otlar fazlasıyla kurşun barındırır.

Altı ay sonra çiftliğinin elli metre ötesine gaz tankları yerleştirildi.

İki sene sonra, seksen metre öteye, evsel atık yakma tesisi. Koca koca kamyonlar sabahtan akşama kadar gelip gidiyor ve tesisin bacası hiç durmadan tütüyordu.

Öte yandan, şehirdeki küçük meydan araç trafiğine kapatılmış, park yasağı getirilmişti. Çiçek tarhları, süs ağaçlarıyla küçük kare bir alan, oturup kafa dinlemek için banklar ve çocuklar için de oyun alanı oluşturulmuştu.

SOKAKLAR

Çocukluğundan beri sokaklarda gezinmeyi severdi. Gelecek vaat etmeyen o küçük şehrin sokaklarında.

Şehir merkezinde, tek katlı daracık bir evde oturuyordu. Zemin katta anne babasının dükkânı vardı, az çok eski, tuhaf şeylerle dolu bir mağaza.

Oturdukları o küçücük dairenin pencereleri, akşamın dokuzundan itibaren boşalan ana meydana bakıyordu.

Okul çıkışı hemen eve dönmüyor, etrafta geziniyordu.

Bazı bina cephelerine uzun uzun bakıyor, sonra da gidip bir banka ya da alçak bir duvarın üzerine oturuyordu.

İyi bir öğrenci olduğu için, anne babası bu konuda endişelenmiyordu. Tam yemek saatinde evde oluyor, akşamları da odasındaki akordu bozuk eski piyanoyu çalıyordu. Anne babasının satmayı bir türlü başaramadığı bir eşyaydı zira şehirdeki pek az insanın piyano alacak imkânı vardı, onlar da zaten yeni piyano satın alabiliyorlardı.

İşte her akşam o eski piyanoyu çalıyordu.

Zamanının geri kalanında şehirde geziniyordu, çok küçüktü şehir, yine de her gün daha önce görmediği ya da daha doğrusu iyice bakmadan geçip gittiği bir sokağı keşfediyordu.

İlk zamanlar, evinin yakınındaki eski semtle yetiniyordu. Eski evler, şato, kiliseler, dolambaçlı yollar yetiyordu ona.

On iki yaşına doğru, daha uzaklara gitmeye cesaret etti.

Pencereleri yer hizasında, toprağa gömülü evleri görünce şaşkına dönüp köy yoluna benzer bir sokakta duruyordu.

Sokakların ruhuydu onu çeken.

Dikkati aylar boyunca sıradan bir sokağa takılıp kalabiliyordu.

Sonbaharda oraya geri dönüyor, kar altındaki haliyle onu yeniden görmek, evlerin içinin nasıl döşendiğine bakmak istiyordu. Çekili olmayan perdeleri, aralık panjurları fırsat biliyordu. Gitgide bir röntgenciye dönüşüyordu. Ev röntgencisine. Evlerin içlerinde yaşayan insanlar ilgilendirmiyordu onu. Yalnızca evler ve sokaklar.

Sokaklar!

Onları sabah güneşinin altında görmek istiyordu, öğleden sonra gölgede yeniden görmek, yağmur altında ve dahası sis ya da ay ışığı altında bir daha görmek istiyordu.

Bazen, şehrinin tüm sokaklarını, bürünebileceği bütün halleriyle görmek için bir ömrün yetmeyeceğini düşünüyordu üzüntüyle. İşte o zaman bitkin düşene dek yürüyor ve asla duramayacağı hissine kapılıyordu.

Oysa, günün birinde bu şehri bırakıp gitmesi, başkentte müzik eğitimi almak için burayı terk etmesi gerekti. Eski piyanosunu bir kemanla takas etti. Öğretmenleri onun çok yetenekli olduğunu söylüyorlardı. Başkentte üç yıl eğitim aldı.

Kâbus dolu üç yıl.

Rüyalar, rüyalar, her gece.

Sokaklar, evler, kapılar, duvarlar, kaldırım taşları, keskin bir acı, gece yarıları kan ter içinde uyanış, kemanın akordu, evdekileri rahatsız etme korkusu, sonunda keman çalabileceği saatleri bekleyiş.

Kompozisyonunu öğrencilerin önünde öğretmenine sunduğu gün gözlerini yumdu. Kemanının içinden şahane bir evin, unutulmaz güzellikteki boş bir sokağın önündeki duraksamalarla birlikte şehrinin sokakları geçiyordu.

Terk edilmiş, ihanete uğramış sokakların hatırasıyla zirveye yükselen yalnızlığın kreşendosu.

O sevgili sokaklara duyulan sonsuz hasret, hayranlık, muazzam bir suçluluk duygusu, tutkunun doruklarına ulaşmış bir aşk. Israrcı, ayakları yere basan, o şehrin toprağına yapışıp kalmış, şehvetli, tensel, neredeyse müstehcen aşk taşarak yükseliyor, müzik odasının duvarlarını dövüyordu.

Başka hiçbir yerde huzur bulamayacak bir vücudun isyanı, başka hiçbir yerde yürüyemeyen ayakların isyanı, başka hiçbir şey görmek istemeyen gözlerin itirazı. O eşsiz şehrin duvarlarına zincirlenip kalmış bir ruh, o eşsiz şehrin evlerine takılıp kalmış gözler.

Biliyordu: Akla hayale sığmayan, insan doğasına aykırı bu aşktan asla kurtulamayacaktı, asla!

"Susun!" diye bağırıyordu öğretmen.

Yaşlarla buğulanmış gözlerini kaldırdı. Sınıfta ne olup bittiğini bilmiyordu. Umurunda da değildi pek. Kemanın yayını indirdi.

"Niçin gülüyorsunuz?" diye sordu öğretmen.

"Özür dileriz hocam," diyor çok yetenekli bir öğrenci, "ama öyle 'melodramatik' ki."

Sonunda kâbustan kurtulan diğer öğrenciler rahatça güldü.

Öğretmen onu başka bir sınıfa götürdü.

"Çalın!" dedi.

"Çalamam. Neden güldüler?"

"Rahatsız olduklarından. Müziğinizi... acınızı kaldıramadılar. Âşık mısınız?"

"Anlamıyorum."

"Sanatta duygu aranmıyor bugünlerde. Neredeyse bilimin mesafeli soğukluğu moda oldu. Romantizm, işte ne bileyim, hepsi demode, hepsi gülünç geliyor insanlara. Aşk bile. Sizin yaşınızda önemli, normal oysa. Belli ki bir kadına âşıksınız."

Şaşkınlıktan katıla katıla güldü.

"Dinlenmeye ihtiyacınız var," diyor öğretmen. "Siz harika bir müzisyensiniz ve bundan böyle tek başınıza çalışabilirsiniz. Evinize dönebilirsiniz. Size öğretecek başka bir şeyim kalmadı. Kendi yolunuzu bulmalısınız. Ama önce dinlenin."

Evine döndü. Uzun süre uzak kalmış olmanın yorgunluğunu dindirmek için.

Kemanını da istirahate çekti. Bazen eski, akordu bozuk piyanosunu çalıyordu. Geçimini sağlamak için müzik dersleri veriyordu. Hayatından memnundu. Bir öğrenciden bir başka öğrenciye, bir evden bir başka eve, bir sokaktan bir başka sokağa gidiyordu.

Annesi de babası da ölmüştü. Önce babası, sonra annesi. Ne zaman öldüklerini tam hatırlayamıyordu.

Sokaklarda yürüyordu.

Bazen bir gazete alıp bir banka oturuyordu. Ama okumuyordu. Dünyada olup bitenler ilgilendirmiyordu onu. Şehrinde olup bitenler de ilgilendirmiyordu.

Orada oturuyordu yalnızca, mutluydu.

Ona göre mutluluk küçük şeylerden ibaretti: Sokaklarda avarelik etmek, yürümek, yorulunca oturmak.

Rüyalarında bile sokaklarda yürüyordu ve tam anlamıyla mutlu oluyordu çünkü bütün sokakları hiç yorulmadan, bitmez tükenmez bir gayretle kat edebiliyordu rüya âleminde.

Bir akşam, kendini çok yaşlı hissetti ve dehşet içinde şu evi, şu sokağı yeniden, bir kere daha görmeye asla yeterince zamanı olmayacağını düşündü. Sokaklarda tekrar tekrar yürümek için, öldükten sonra geri dönmek zorunda kalacağını düşündü korkuyla.

Fakat çocukların ondan korkacağını hesaba katınca canı sıkıldı çünkü şehrindeki çocukları hiçbir şekilde korkutmak istemiyordu.

Öldü ve öngördüğü gibi uzun yıllar boyu –sonsuza kadar– hakkını vererek, yeterince sevemediği sokaklarda gezinmek için geri dönmek zorunda kaldı.

Çocuklara gelince boşuna endişelenmişti zira onların gözünde diğerlerinden farksız ihtiyarın tekiydi, ölüymüş, diriymiş umurlarında bile değildi.

ÇARK

Henüz hiç öldürme isteği duymadığım biri var.

O sensin.

Sokaklarda yürüyebilirsin, içebilirsin ve yürüyebilirsin, öldürmeyeceğim seni.

Korkma. Şehirde tehlike yok. Şehirdeki tek tehlike benim.

Sokaklarda yürüyor, yürüyor ve öldürüyorum.

Ama senin korkacak bir şeyin yok.

Seni takip ediyorsam, adımlarının ritmini sevdiğim için. Yalpalıyorsun. Hoşuma gidiyor. Topallıyorsun sanki. Aynı zamanda kambur gibisin. Değilsin de aslında. Zaman zaman sırtını düzleştirip dik yürüyorsun. Ama ben gecenin ilerleyen saatlerinde, zayıf düştüğünde, sendelediğinde, kamburunu çıkardığında seviyorum seni.

Seni takip ediyorum, titriyorsun. Soğuktan ya da korkudan. Hava sıcak oysa.

Şehrimiz hiçbir zaman, neredeyse hiçbir zaman, belki gerçekten de hiçbir zaman bu kadar sıcak olmamıştı.

Sen neyden korkasın ki?

Benden mi?

Düşmanın değilim ben senin. Seni seviyorum.

Kimse sana kötülük yapamaz. Korkma. Buradayım ben. Seni koruyorum. Bir yandan da acı çekiyorum.

Gözyaşlarım –iri yağmur damlaları– yüzümü ıslatıyor. Gece üzerimi örtüyor. Ay ışığı aydınlatıyor beni. Bulutlar saklıyor. Rüzgâr parçalıyor. Bir çeşit şefkat besliyorum sana karşı. Oluyor bana bazen öyle. Nadiren.

Neden mi sen? Hiçbir fikrim yok.

Çok uzaklara kadar takip etmek istiyorum seni, her yerde, uzun zaman boyunca.

Daha da fazla acı çektiğini görmek istiyorum.

Geriye ne kaldıysa canına tak etmesini istiyorum.

Gelip seni almam için bana yalvarmanı istiyorum.

Beni arzulamanı istiyorum. Beni istemeni, beni sevmeni, beni çağırmanı.

İşte o zaman kollarıma alacağım seni, bağrıma basacağım, benim çocuğum, sevgilim, aşkım olacaksın.

Götüreceğim seni.

Doğmaktan korkuyordun, şimdiyse ölmekten korkuyorsun.

Her şeyden korkuyorsun.

Korkmamak lazım.

Dönen büyük bir çark bu yalnızca. Adı sonsuzluk.

Büyük çarkı döndüren benim.

Benden korkmamalısın.

Büyük çarktan da.

Korkutacak, can yakacak tek şey var, o da hayat, onu da zaten tanıyorsun.

HIRSIZ

Kapınızı pencerenizi iyi kapatın. Hiç gürültü yapmadan, ellerimde siyah eldivenlerle giriyorum içeriye.

O kaba saba hırsızlardan değilim ben. Açgözlü ve aptal olanlardan da.

Şakaklarımda ve bileklerimdeki damarların, öyle bir fırsat sunulursa eğer, narin çizgilerini hayranlıkla seyredebilirsiniz.

Ama odalarınıza ancak çok geç saatlerde giriyorum, son davetli de gittikten sonra, o iğrenç avizeleriniz söndükten sonra, herkes uyurken.

Kapınızı pencerenizi iyi kapatın. Hiç gürültü yapmadan, ellerimde siyah eldivenlerle giriyorum içeriye.

Yalnızca birkaç dakikalığına geliyorum ama hiç aksatmadan, istisnasız her eve.

O kaba saba hırsızlardan değilim ben. Açgözlü ve aptal olanlardan da.

Sabahları uyandığınızda istediğiniz kadar sayın paralarınızı, mücevherlerinizi, hiçbir şeyiniz eksilmeyecek.

Yalnızca hayatınızdan bir gün.

ANNE

Oğlu evden çok erken ayrıldı, on sekiz yaşındayken. Babanın ölümünden birkaç ay sonra.

İki odalı evinde yaşamaya devam ediyordu, komşularıyla da arası iyiydi. Ev işleriyle uğraşıyor, eskileri tamir ediyor, ütü yapıyordu.

Bir gün oğlu kapısını çaldı. Yalnız değildi. Oldukça güzel, genç bir kızla birlikteydi.

Kollarını açıp sarılmıştı onlara.

Dört yıldır oğlunu görmemişti. Akşam yemeğinden sonra oğlu ona şöyle dedi:

"Anne, senin için sakıncası yoksa burada kalacağız."

Sevinçten yüreği hopladı. En büyük en güzel odayı hazırladı onlara. Ama akşam saat 22.00 gibi çıkıp gittiler.

"Sinemaya gitmişlerdir mutlaka," dedi kendi kendine ve mutfağın arkasındaki küçük odada memnuniyetle uykuya daldı.

Yalnız değildi artık. Oğlu yine onunla yaşıyordu.

Sabahları, evdeki yeni düzen yüzünden aksatmak istemediği ev temizliğini, ufak tefek işlerini yapmak için güne erken başlıyordu.

Öğlen için onlara güzel yemekler pişiriyordu. Oğlu eli boş gelmiyordu hiç. Çiçekler getiriyordu, tatlı, şarap, bazen de şampanya.

Zaman zaman koridorda karşılaştığı yabancıların gelişgidişleri rahatsız etmiyordu onu.

"Geçin, geçin," diyordu, "gençler odalarında."

Bazen oğlu evde olmadığında, yemeği iki kadın baş başa yerken gözleri, evinde yaşayan kızın üzgün, bezgin bakışlarıyla karşılaşıyordu. O zaman gözlerini indiriyor ve bir ekmek parçasını parmaklarının arasında yuvarlayıp ezerken geveliyordu:

"İyi bir çocuktur o. Efendi çocuktur."

Kız peçetesini katlıyor –terbiyeliydi– ve mutfaktan çıkıp gidiyordu.

DAVET

Koca, cuma akşamı yüzünde güller açarak bürosundan döndü.

"Yarın doğum günün sevgilim. Parti veriyoruz, arkadaşlarımızı davet ediyoruz. Hediyen ay sonunda, şu ara elim biraz sıkışık. Ne istersin? Güzel bir kol saati?"

"Zaten bir saatim var, sevgilim. Gayet memnunum ondan."

"Elbiseye ne dersin? Şöyle *haute couture* türü?"

"*Haute couture* 'türü' mü? Pantolonla bir çift sandalete ihtiyacım var yalnızca."

"Nasıl istersen. Parasını veririm, sen istediğini alırsın. Ama ay sonunda. Yine de partiyi yarın yapabiliriz, bir sürü arkadaşımızla."

"Aslına bakarsan," dedi karısı, "bir sürü arkadaş davet edip düzenlediğimiz partiler yorgunluktan başka bir şey değil benim için. İyi bir restorana gitmeyi tercih ederim."

"Restoranlar çok kazık, hem iyi olup olmadıkları ne malum? Evde senin için güzel bir davet vermeyi tercih ederim. Her şeyle ben ilgileneceğim, alışveriş, yemek, davetiye. Sen kuaföre gideceksin ve giyinip kuşanacaksın, her şey tam saatinde hazır olacak. Tek yapman gereken masaya geçip oturmak olacak. Bu seferlik servisi bile, memnuniyetle, ben yapacağım."

Böylece beyefendi parti hazırlığına girişiyor. Bayılır buna. Cumartesi öğleden sonra tatil. Alışveriş yapıyor. Saat 17.00'ye doğru eli kolu dolu neşe içinde eve giriyor.

"Şahane olacak," diyor karısına. "Sen sofrayı kursan iyi olur, zaman kazanırız."

Saçı başı yapılı, üzerinde yirmi yıllık siyah elbisesi, sofrayı kuruyor, güzelce de süslüyor.

Kocası yetişiyor:

"Flüt şampanya kadehlerini koymalıydın. Değiştiririm ben. Sen de bu arada git şömineyi yak. Pirzolaları odun ateşinde kızartacağım, parmaklarını yersin! Sonra da gelip patatesleri soyarsan ve salataya sos hazırlarsan çok makbule geçer. Öf, salata yapraklarında bir sürü küçük solucan, sümüklüböcek kaynıyor, tiksiniyorum! Sen yıkar mısın? Ne de olsa alışkınsındır sen bunlara."

Biraz sonra şöminenin önüne yerleşip, "Yeterince köz olacak. Bana bir kadeh cin getirebilir misin? İçine de bir parça... sahi, cin için limonumuz var mı? Hayır, almadım ben, evde var sandım. Hiç değilse aperatifleri sen düşünebilirdin, her şeye ben yetişemem ki. Marco'nun Yeri hâlâ açıktır sanırım. Bademle fındık da al. Bir de zeytin!"

Çeyrek saat sonra.

"Açık olacağından emindim zaten. Patatesleri ocağa koymadın mı daha? Benim etle ilgilenmem gerekiyor. Ah, unutuyordum az daha... Başlangıç olarak karides almıştım. Mayonez-ketçap sosu hazırlayıver çabucak. Ketçap yok mu? Ama bu evde aradığın şey asla yok ki! Git bilmemkimden isteyiver."

Hanımefendi bir üst kata, bilmemkimden ketçap istemeye çıkıyor. Bilmemkim ketçap şişesini memnuniyetle ödünç veriyor, bonus olarak da gün içinde ve genel olarak hayatta başına gelen talihsizliklerin pürdikkat dinlenmesi hususunda kesinlikle ısrar ediyor.

Aşağıda kapı zili çalıyor, misafirler geliyor, hanımefendinin aşağı inmesi gerek.

Arkadaşlar şöminenin etrafına oturmuş.

Koca sesleniyor:

"Aperatifler nerede kaldı, Madeleine?"

Pirzolalar pişiyor sonunda. Biraz fazla hatta. Ama ortam güzel. Kafalar çekiliyor. Gülüp eğleniliyor. Madeleine'e yaşı sık sık, hatta biraz fazlaca hatırlatılıyor ama olur o kadar, yaşgünü ne de olsa. Arkadaşlar her şeyi yapan, her şeyi organize eden adama da övgüler yağdırıyorlar.

"Pırlanta gibi koca."

"Çok şanslısınız. On beş yıllık evlilikten sonra."

"Dostum! Dile kolay!"

Sabahın 03.00'üne doğru eve birden sessizlik çöküveriyor. Arkadaşlar gidiyor, bitkin, zavallı koca oturma odasındaki kanepenin üzerinde horluyor.

Madeleine kül tablalarını boşaltıyor, boş şişeleri, kirli bardakları, cam kırıklarını topluyor, masayı topluyor.

Bulaşığa girişmeden önce banyoya giriyor ve aynada uzun uzun kendine bakıyor.

İNTİKAM

Sağına döndü, sonra soluna döndü, hiçbir şey görmüyor.

Korkuyor. Ağladı hatta, yani belki, çok da emin değil çünkü yağmur yüzüne çarpıyordu.

Yukarıda gri gökyüzü, aşağıda çamur, ona en yakın olan da buydu.

Şöyle söylüyor:

"Neden kayboldun? Camdan ellerin, dağlardaki derelerin berrak suları kadar şeffaf. Gözlerinde sessizlik, yüzünde tiksinti."

Ertesi gün şöyle söylüyor:

"Yüzün kara, tiz kahkahadan alınan zevk, oysa ben seyyahların raysız, umutsuz trenlerin pencerelerinden sarkarak aradıkları beyaz dağa ulaşmak isterdim. Zamanı geldiğinde, kendilerini imdat zillerinin iplerine asan amaçsız seyyahlar. Orada babamla birlikte sallanıyorlar ve çarkların arasında hiç doğmamış çocuklarımız ağlıyor, çığlıklar atıyor, onlara doğru akan milyonlarca yıldız, yolu gösteriyor."

Üçüncü gün şöyle söylüyor:

"Dayak yiyenler, yumruklara karşılık vermeden boyun eğdiler. Ama kötü insanlar oldular. Akşamleyin, barajların arkasında hesap saatini beklemek için nehri geçtiler."

Masumlar bile katledildi.

Son gün şöyle söylüyor:

"Sorma bana –saçları rüzgârlım– sorma bana kim başladı, sorma bana kim son verdi. Bütün bildiğim, bir ilk darbe olduğu."

"İntikamını alacağım."

Bir kadın, bedeninin yanına uzandı, ıslak saçlarını okşadı, belki de yalnızca çimendi.

Sonra kurşunlarla sürülmüş tarlalarda apaçık yüz adam belirdi ve şöyle dedi:

"Ölülerin ardından ağlayıp onların intikamını almaktan ne zaman vazgeçeceğiz? Öldürmeyi ve ağlamayı ne zaman bırakacağız? Bizler hayatta kalanlarız, korkaklarız, savaşmayı bilmeyenleriz, öldürmeyi bilmeyenleriz. Unutmak istiyoruz, yaşamak istiyoruz."

Çamurun içindeki adam kımıldadı, silahını kaldırdı ve onları en sonuncusuna kadar yere serdi.

BİR ŞEHİRDEN

Alçak evleri, dar sokaklarıyla sıra dışı hiçbir çekiciliği olmayan, küçük ve sessiz bir şehirdi.

Ondan niçin bu kadar çok söz ettiğimi bilmiyorum ama susacak olsaydım şayet, etrafını çevreleyen yüksek ve karanlık dağların gölgesi beni boğardı.

Orada, gurup zamanı, gökyüzü bazen o kadar olağanüstü renklere bürünürdü ki renklere ad yakıştırmaya çalışmak için evlerinden dışarı çıkardı insanlar. Renkler o kadar tuhaf bir biçimde birbirlerine karışırdı ki hiçbir ad yakışmazdı onlara.

Evden, kendi evimizden daha önce sıkça söz ettim ama bahçedeki ağaçlardan söz etmeyi unuttum.

Elma ağaçlarından birinde, yaz başından itibaren henüz olgunlaşmamış olmalarına rağmen bal gibi tatlı meyveler buluyorduk. Olgunlaştıklarında nasıl bir tadı olacaktı o elmaların, bunu asla öğrenemedim çünkü olgunlaşmalarına fırsat vermeden yiyorduk hepsini.

Bir hatıradan mahrum kalmış oldum; fakat insan çocukken daha sonrasını nasıl düşünebilir?

Geç oldu. Orada, geceler hareketsizdi, pencerelerin önünde perdeler bile kıpırdamıyordu, sessizlik sokaklarda gezinip kapıları dövüyordu, korkuyorduk; çünkü dağlarda saklanan, şehre doğru yürüyen ve çift tur kilitlenmiş kapılara vuran kötü, siyah bir adam vardı hep.

Gün doğmadan hepsinden söz etmeliyim.

Nehirden, kara çıkrıklı kuyudan, neşeli ve güven verici yazdan, sabahın beşinde yüzümüze vuran güneşten, kilise bahçesinden.

Sonbahar, her yıl bizi o bahçede, kendimizi henüz yaz günlerinin ortasında zannederken, ağaçlardan düşüveren bir avuç kırmızı yaprakla gafil avlıyordu.

Şaşkınlık vericiydi, düştükçe düşüyor, yerde gitgide kalınlaşan bir tabaka oluşturuyorlardı, içlerinde yürüyorduk, yalınayak, hava hâlâ sıcaktı, gülüyorduk, yeniden korkmaya başlıyorduk.

ÜRÜN

Bay B., asla erken dönmüyordu evine. Ama yine de ailece yenen akşam yemeklerine yetişecek kadar erken dönüyordu. Herkesin kendisini beklemesi konusunda da ısrarcıydı çünkü ailesini, özellikle de çocuklarını çok seviyordu. Çocuklar geciken akşam yemeklerinde uyuklamaya başlar gibi oluyor, azıcık yiyor, huysuzlanıyor ya da mızmızlanıyorlardı.

Bay B. kendini yorgun hissettiğinde, onları bir an önce götürüp yatırmasını rica ediyordu karısından. Sonra da televizyonu açıyor ve hafifçe horlayarak koltuğunda uyuyakalıyordu. Fakat kendini daha iyi hissettiği günler çocuklarına birkaç el kart, domino ya da kutu oyunu oynamayı teklif ediyordu.

Karısı genellikle kocasının cömert teklifini reddediyor ve salonun oturma köşesi denilen uzak köşesine çekilip kitap okuyordu.

Bay B. karısından uzunca bir süredir umudunu kesmişti. Dolayısıyla aile bağlarını güçlendiren bu eğitici oyunlara katılmamasına da laf etmiyordu artık. Ne aileden anladığı vardı onun ne de eğitimden. Yine de çocuklarının anasıydı, bu yüzden de içinde bir parça burukluk hissetse de karısının hatalarını görmezden geliyordu.

Bay B., evine gitgide daha geç döner olmuştu. Ürün'ün satışları iyi gitmiyordu çünkü ve Bay B. de satış müdürüydü. Hiç satış müdürü olmamış birisi, bir satış müdürünün sırtında taşıdığı yükü hayal bile edemez. Ürün'ün satılması gerekirdi, her ne pahasına olursa olsun.

Sorumluluk sahibi bir çalışan olan Bay B., Ürün'ün satılması için elinden gelen her şeyi yapıyordu ama her gün verdiği bu daimi mücadele, ailesine ayırmayı tercih edeceği zamanı yutup yok ediyordu.

Akşam yemeğinden çok sonra dönüyordu eve. Çocuklar yataklarına yatmış, karısı odanın köşesine çekilmiş, başını kaldırmadan kitap okuyordu. Bay B. akşamdan kalan –kendi ısıttığı– yemekleri yiyor ve bitkin halde yatak odasına gitmek için üst kata çıkıyordu.

Ürün'ün satışları, Bay B.'nin insanüstü çabalarına rağmen daha da düşüyordu.

Bir gece, iç sıkıntısıyla uyandı. Karısıyla konuşmaya ihtiyacı vardı. Ama karısının odası boştu. Dolaplar da. Çekmeceler de aynı şekilde. Şaşkınlık içinde çocukların odasına girdi; orada da kimse yoktu.

"Okullar tatile girmiş olsa gerek," diye düşündü, "unutmuş olacağım. Aynı anda her şeyi düşünemem ya."

Ertesi gün büroya gittiğinde işten uzaklaştırıldığı bildirildi. Süresiz olarak. Ürün'ün satışını iyi yapamıyormuş. Bir başka satış müdürü almışlar.

Bay B. evine döndü, okul tatilinin bitmesini bekledi. Pencereden bakıyordu, geçip giden bulutlara. Her yeri toz kaplıyordu, eviyede bulaşıklar birikiyordu. Bay B. okul tatillerinin neden bu kadar uzun olduğunu merak ederek bekliyordu.

DÜŞÜNÜYORUM

Şimdilerde pek az umudum kaldı. Önceleri aranıyordum, sürekli ortalıkta dolanıyordum. Bir şey bekliyordum. Ne? Hiç bilmiyordum. Yine de hayatın bundan ibaret olamayacağını, yani tam anlamıyla bir hiç olamayacağını, hayatın bir şey olması gerektiğini düşünüyordum ve o bir şeyin gelip beni bulmasını bekliyordum, onu arıyordum hatta.

Şimdi beklenecek bir şey olmadığını düşünüyorum ve odamdan çıkmıyorum, bir sandalyeye oturup hiçbir şey yapmıyorum.

Dışarıda bir hayat olduğunu ama o hayatta hiçbir şey olup bitmediğini düşünüyorum. Benim için hiçbir şey.

Başkaları için belki de bir şeyler oluyordur, mümkün bu, beni ilgilendirmiyor artık.

Ben buradayım, bir sandalyeye oturmuş, evimdeyim. Hayallere dalıyorum biraz ama tam olarak da değil. Neyin hayalini kurabilirim ki? Ben sadece burada oturuyorum. İyi hissettiğimi söyleyemem, keyfimden oturmuyorum burada, tam tersine.

Burada oturup kalmakla hiç iyi etmediğimi düşünüyorum, bir süre sonra, mutlak surette hiç değilse bir kere yerimden kalkmam gerektiğini de biliyorum.

Hatta burada saatlerce, hatta günlerce hiçbir şey yapmadan oturup kalmış olmaktan belli belirsiz bir rahatsızlık hissediyorum. Ama yerimden kalkıp bir şey yapmak için bir neden de göremiyorum. Ne yapmam gerektiğini bilmiyorum, ne yapabileceğimi hiç bilmiyorum.

Elbette biraz etrafı toplayıp temizlik yapabilirdim, bu doğru, evet.

Evim epey pis ve bakımsız. Hiç değilse pencere açmak için yerimden kalkabilirdim, sigara dumanı, çöp ve rutubet kokuyor burası.

Ama bütün bunlar beni fazla rahatsız etmiyor. Belki biraz ama yerimden kalkmaya değecek kadar değil. Alışığım ben bu kokulara, onları koklamıyorum, yalnızca tesadüfen birisi girecek olursa içeriye diye düşünüyorum. Ama "birisi" yok. Hiç kimse girmiyor.

Yine de bir şey yapmış olmak için masanın üzerinde şeyden beri... –bir süreden beri– satın aldığımdan beri duran gazeteyi okumaya koyuluyorum...

Gazeteyi elime alma zahmetine girmiyorum tabii ki. Onu orada, masanın üzerinde bırakıyorum, uzaktan okuyorum ama kafam almıyor ya da gözüm görmüyor, tek seçebildiğim ölü karasinekler, bu yüzden de çabalamaktan vazgeçiyorum.

Her halükârda, gazetenin öbür sayfasında, yuvarlak gömme bir küvette aynı gazeteyi okuyan genç bir adam var, çok da genç değil, benimle aynı yaşta, iyice gevşemiş, küvetin yanında, elinin altında bir kadeh iyi kalite viski, ilanlara, borsa fiyatlarına bakıyor. Yakışıklı, canlı, zeki, dünyada ne olup bittiğinden haberdar bir hali var.

Gözümün önünde beliren bu görüntüyü düşünürken yerimden kalkmak zorunda kalıyorum, mutfağa gidip öylece duvara tutturulmuş eviyenin içine kusuyorum. Midemden boşalanlar lanet eviyeyi tıkıyor. Miktarı gözüme son yirmi dört saatte yemiş olabileceğimin iki katı gibi gözüken kusmuk yığını karşısında hayrete düşüyorum. O iğrençliğe bakarken midem yeniden bulanıyor ve hızla mutfaktan dışarı fırlıyorum.

Unutmak için sokağa çıkıyorum, herkes gibi geziniyorum ama sokaklarda hiçbir şey yok, yalnızca insanlar ve dükkânlar, hepsi bu.

Tıkalı eviyem yüzünde eve geri dönmek istemiyorum, yürümek de istemiyor canım, sırtımı büyük mağazalardan birine vererek kaldırımda duruyorum, insanların mağazaya giriş çıkışlarını seyrediyorum ve dışarı çıkanlar içeride, içeriye girenler dışarıda kalacak olsa hareketten ve yorgunluktan ne çok tasarruf sağlanırdı diye düşünüyorum.

Bu, onlara verilebilecek güzel bir nasihat olurdu ama dinlemezlerdi. O yüzden söylemiyorum bir şey, kımıldamıyorum, üşümüyorum bile burada, girişte, mağazanın sürekli açık duran kapıları sayesinde dışarı kaçan sıcaktan istifade ediyor ve kendimi neredeyse az önceki kadar, odamda otururken hissettiğim kadar iyi hissediyorum.

BABAM

Onu hiç tanımadınız.

Öldü o.

Geçtiğimiz yılın aralık ayının başında, tıpkı babam gibi, tanımadığınız ülkeme de bu yüzden gittim işte.

Başkente kadar yirmi dört saatlik tren yolculuğu, erkek kardeşimin evinde bir gece konaklama, sonra yine on iki saat tren yolculuğu, babamı beyaz porselen bir vazo içinde, beton duvara açılmış küçük bir deliğe gömecekleri büyük sanayi şehrine kadar yolda geçen otuz altı saat.

Babalarını kaybetmemiş, kaybetmiş olsalar da üzerinden çok zaman geçtiği için artık bunu düşünmeyen arkadaşlarla birlikte ıssız, soğuk garlarda bekleyiş, duraklamalar, otuz altı saatlik tren yolculuğu. Düşünüyordum ama inanamıyordum.

O yolculuğu daha önce defalarca yapmıştım, babam henüz hayattayken. Yolculuğumun sonunda, pek az yaşadığı, pek az sevdiği ve benimle hiçbir zaman ele ele dolaşmadığı o sanayi şehrinin banliyösünde beni beklerdi.

Cenaze töreninde yağmur çiseliyordu. Epey bir kalabalık toplanmıştı, çelenkler, şarkılar, siyahlı adamlardan oluşan bir koro. Rahipsiz, sosyalist bir cenaze töreniydi. Beyaz vazonun yanına bir demet karanfil bıraktım, vazo öyle minik ki babamın içinde olduğuna inanamıyordum, hâlâ onun kızı, çocuğu olduğum zamanlar öyle büyüktü ki.

Porselen vazo, babam değildi.

Yine de onu betona koyduklarında ağladım. Geçmiş ve hatta gelecek günler için bunca acı çekmiş ülkeyi ve halkını kutsaması için Tanrı'ya yakarılan milli marş çalıyordu plakta.

Erkek korosu marşı uzattıkça uzatmak zorunda kaldı çünkü duvarcılar işlerini tamamlamayı beceremiyorlardı bir türlü, oyuğu örten plaka açılmıyor, vazo yani babam, betondaki küçük deliğe girmek istemiyordu.

Sonradan babamın duvara gömülmek istemediğini, doğduğu kasabada toprağa verilmek istediğini ama –mide kanserinden, hastalığının ne olduğunu bilmeden günden güne eriyip gittiği ölüm döşeğinde acıları morfinle dindirilirken– annem ve erkek kardeşim tarafından burada, hiç sevmediği ve benimle hiç el ele gezinmediği bu korkunç sanayi kentinin mezarlığında daha rahat edeceğine ikna edildiğini öğrendim.

Sonrasında tanımadığım ama beni tanıyan pek çok insanın taziyelerini kabul etmem gerekti.

Kadınlar kucaklıyorlardı beni.

Nihayet bitmişti. Acıdan uyuşmuş halde annemle babamın, yani annemin evine döndük. Taziyeye gelenler için bir tür karşılama vardı. Herkes gibi yedim içtim. Yoldan, törenden, konuklardan, her şeyden yorgun düşmüştüm.

Babamın okumak, dil öğrenmek, günlük tutmak için çekildiği küçük odasına gittim.

Babam orada değildi. Bahçede de yoktu. Evindeki bunca insan için alışverişe çıkmıştır belki diye düşündüm. Sık sık alışveriş yapardı, severdi alışveriş yapmayı.

Onu bekliyordum, onu görmek istiyordum çünkü

kısa bir süre sonra eve yani buraya dönmem gerekiyordu. İçtikçe içtim şarapları, hâlâ yoktu ortalıkta.

"Ama nereye gitmiş olabilir ki babam?" dedim sonunda, insanlar bakakaldılar suratıma.

Erkek kardeşlerim evlerine götürüp yatırdılar beni. Ertesi sabah tekrar yola çıktım. Yirmi dört saat, otuz altı saat tren yolculuğu.

Yol boyunca planlar yaptım.

Bir süre sonra geri dönecektim, betondaki plakayı söküp vazoyu çalacaktım, onu doğup büyüdüğü kasabaya, nehir kıyısına, kara toprağa gömecektim.

Çok bilmediğim bir yer orası, hiç gitmedim. İyi de vazoyu çaldıktan sonra nereye gömeceğim onu?

Babam hiçbir yerde benimle el ele gezmedi ki.

CAN MODERN DÜNYA EDEBİYATI

2666 / Roberto Bolaño / Çev. Zeynep Heyzen Ateş
AMERİKA KITASINDA NAZİ EDEBİYATI / Roberto Bolaño / Çev. Saliha Nilüfer
GERÇEK BİR POLİSİN ÇİLESİ / Roberto Bolaño / Çev. Saliha Nilüfer
KATİL OROSPULAR / Roberto Bolaño / Çev. Peral Bayaz
KATLANILMAZ SIĞIRTMAÇ / Roberto Bolaño / Çev. Seda Ersavcı
LÜMPEN ROMAN / Roberto Bolaño / Çev. Seda Ersavcı
MÖSYÖ PAIN / Roberto Bolaño / Çev. Seda Ersavcı
TILSIM / Roberto Bolaño / Çev. Zeynep Heyzen Ateş
UZAK YILDIZ / Roberto Bolaño / Çev. Zerrin Yanıkkaya
VAHŞİ HAFİYELER / Roberto Bolaño / Çev. Peral Bayaz
BİR VATAN EVLADININ NOTLARI / James Baldwin / Çev. Suat Ertüzün
ALÇAKLIĞIN EVRENSEL TARİHİ / Jorge Luis Borges/ Çev. Süleyman Doğru
ATLAS / Jorge Luis Borges/ Çev. Emrah İmre
BRODIE RAPORU / Jorge Luis Borges/ Çev. Yıldız Ersoy Canpolat
TANGO / Jorge Luis Borges/ Çev. Çiğdem Öztürk
SONSUZLUĞUN TARİHİ / Jorge Luis Borges/ Çev. Saliha Nilüfer
YEDİ GECE / Jorge Luis Borges/ Çev. Süleyman Doğru
ARKADAŞLARIM / Emmanuel Bove / Çev. Ebru Erbaş
ÂDEMOĞLU NEREDEYDİN? / Heinrich Böll / Çev. Zeyyat Selimoğlu
BABASIZ EVLER / Heinrich Böll / Çev. Ahmet Cemal
DOKUZ BUÇUKTA BİLARDO / Heinrich Böll / Çev. Ayça Sabuncuoğlu
FOTOĞRAFTA KADIN DA VARDI / Heinrich Böll / Çev. Sezer Duru
İLK YILLARIN EKMEĞİ / Heinrich Böll / Çev. Zeyyat Selimoğlu
KATHARINA BLUM'UN ÇİĞNENEN ONURU / Heinrich Böll / Çev. Ahmet Cemal
NEHİR KIYISI KADINLARI / Heinrich Böll / Çev. İlknur İgan
PALYAÇO / Heinrich Böll / Çev. Ahmet Arpad
TRENİN TAM SAATİYDİ / Heinrich Böll / Çev. Zeyyat Selimoğlu
VE O HİÇBİR ŞEY DEMEDİ / Heinrich Böll / Çev. Behçet Necatigil
YOLCU, SPARTA'YA VARIRSAN EĞER / Heinrich Böll / Çev. İlknur İgan
GENÇ BİR KÖY HEKİMİ / Mihail Bulgakov / Çev. Ergin Altay
HAYATIMIZIN BİR GÜNÜ / Mihail Bulgakov / Çev. Ergin Altay
KADER YUMURTALARI / Mihail Bulgakov / Çev. Uğur Büke
KIZIL MOSKOVA / Mihail Bulgakov / Çev. Ergin Altay
KOL MANŞETİNDE NOTLAR / Mihail Bulgakov / Çev. Ergin Altay
KÖPEK KALBİ / Mihail Bulgakov / Çev. Uğur Büke
MORFİN / Mihail Bulgakov / Çev. Ergin Altay

ŞEYTANNAME / Mihail Bulgakov / Çev. Uğur Büke
USTA İLE MARGARITA / Mihail Bulgakov / Çev. Uğur Büke
BİR AŞK / Dino Buzzati / Çev. Eren Cendey
COLOMBRE / Dino Buzzati / Çev. Eren Cendey
TAM O ANDA / Dino Buzzati / Çev. Eren Cendey
TANRI'YI GÖREN KÖPEK / Dino Buzzati / Çev. Rekin Teksoy
KENTTE SON YAZ / Gianfranco Calligarich/ Çev. Eren Cendey
BAŞKALDIRAN İNSAN / Albert Camus / Çev. Tahsin Yücel
DÜĞÜN – BİR ALMAN DOSTA MEKTUPLAR/ Albert Camus /Çev. Tahsin Yücel
DÜŞÜŞ / Albert Camus / Çev. Hüseyin Demirhan
İLK ADAM / Albert Camus / Çev. Tahsin Yücel
MUTLU ÖLÜM / Albert Camus / Çev. Ramis Dara
SİSİFOS SÖYLENİ / Albert Camus / Çev. Tahsin Yücel
SÜRGÜN VE KRALLIK / Albert Camus / Çev. Tahsin Yücel
TERSİ VE YÜZÜ / Albert Camus / Çev. Tahsin Yücel
VEBA / Albert Camus / Çev. Nedret Tanyolaç Öztokat
YABANCI / Albert Camus / Çev. Ayça Sezen
YARATMA TEHLİKESİ / Albert Camus / Çev. Alper Bakım
YAZ / Albert Camus / Çev. Tahsin Yücel
YOLCULUK GÜNLÜKLERİ / Albert Camus / Çev. Ramis Dara
ASTURYA'DA İSYAN – Bütün Oyunları 1 / Albert Camus / Çev. Ayberk Erkay
CALIGULA – Bütün Oyunları 2 / Albert Camus / Çev. Ayberk Erkay
YANLIŞLIK – Bütün Oyunları 3 / Albert Camus / Çev. Ayberk Erkay
SIKIYÖNETİM – Bütün Oyunları 4 / Albert Camus / Çev. Ayberk Erkay
ADİLLER – Bütün Oyunları 5 / Albert Camus / Çev. Ayberk Erkay
BİR RAHİBEYE AĞIT – Bütün Oyunları 6 / Albert Camus / Çev. Berna Günen
İLGİNÇ BİR VAKA – Bütün Oyunları 7 / Albert Camus / Çev. Berna Günen
HAYVAN HİKÂYELERİ / Julio Cortázar / Çev. Süleyman Doğru
ÖTEKİNİN RÜYASI – Bütün Öyküleri 1 / Julio Cortázar / Çev. Süleyman Doğru
AYAK İZLERİNDE ADIMLAR – Bütün Öyküleri 2 / Julio Cortázar / Çev. Süleyman Doğru
KENDİME ANLATTIĞIM HİKÂYELER – Bütün Öyküleri 3 / Julio Cortázar / Çev. Süleyman Doğru
OYUNUN SONU / Julio Cortázar / Çev. Süleyman Doğru
SEKSEK / Julio Cortázar / Çev. Necla Işık
ANLAŞILDI TAMAM / Roald Dahl / Çev. Berrak Göçer
OSWALD AMCAM / Roald Dahl / Çev. Ülker İnce
ÖPTÜM SENİ / Roald Dahl / Çev. Püren Özgören
SENİN GİBİ BİRİ / Roald Dahl / Çev. Tülin Cansunar

ŞEKER HENRY'NİN İNANILMAZ ÖYKÜSÜ / Roald Dahl / Çev. Ülker İnce
BİR YAZ AKŞAMI ON BUÇUKTA / Marguerite Duras / Çev. Sosi Dolanoğlu
HİROŞİMA SEVGİLİM / Marguerite Duras / Çev. Cevat Çapan
PARKTA / Marguerite Duras / Çev. Şirin Etik
PASİFİK'E KARŞI BİR BENT / Marguerite Duras / Çev. Nedret Tanyolaç Öztokat
YAZMAK / Marguerite Duras / Çev. Aykut Derman
AÇIK YAPIT / Umberto Eco / Çev. Tolga Esmer
ANLATI ORMANLARINDA ALTI GEZİNTİ / Umberto Eco / Çev. Kemal Atakay
BEŞ AHLAK YAZISI / Umberto Eco / Çev. Kemal Atakay
EDEBİYATA DAİR / Umberto Eco / Çev. Betül Parlak
FOUCAULT SARKACI / Umberto Eco / Çev. Şadan Karadeniz
GÜLÜN ADI / Umberto Eco / Çev. Şadan Karadeniz
GÜNLÜK YAŞAMDAN SANATA / Umberto Eco / Çev. Kemal Atakay
KİTAPLARDAN KURTULABİLECEĞİNİZİ SANMAYIN/ Umberto Eco – Jean-Claude Carrière / Çev. Sosi Dolanoğlu
ORTAÇAĞ'I DÜŞLEMEK / Umberto Eco / Çev. Şadan Karadeniz
ORTAÇAĞ ESTETİĞİNDE SANAT VE GÜZELLİK / Umberto Eco / Çev. Kemal Atakay
ÖNCEKİ GÜNÜN ADASI / Umberto Eco / Çev. Kemal Atakay
SOMONBALIĞIYLA YOLCULUK / Umberto Eco / Çev. İlknur Özdemir
YANLIŞ OKUMALAR / Umberto Eco / Çev. Mehmet H. Doğan
TEZ NASIL YAZILIR? / Umberto Eco / Çev. Betül Parlak
NEDEN UCUZ SAAT TAKIYORSUN? / Hans Fallada / Çev. Nilay Kaya
BENJAMIN BUTTON'IN TUHAF HİKÂYESİ / F. Scott Fitzgerald / Çev. Seçkin Selvi
MAZİSİ OLAN KADIN / F. Scott Fitzgerald / Çev. Roza Hakmen
SON PATRON / F. Scott Fitzgerald / Çev. Püren Özgören
HOMO FABER / Max Frisch / Çev. Sezer Duru
KONT ÖDERLAND / Max Frisch / Çev. Şebnem Sunar
GÖLGEDE VE GÜNEŞTE FUTBOL / Eduardo Galeano / Çev. Ertuğrul Önalp, Mehmet Necati Kutlu
KUCAKLAŞMANIN KİTABI / Eduardo Galeano / Çev. Süleyman Doğru
CHOPİN ÜZERİNE NOTLAR / André Gide / Çev. Ömer Bozkurt
DÜNYA NİMETLERİ VE YENİ NİMETLER / André Gide / Çev. Tahsin Yücel
DAR KAPI / André Gide / Çev. Ekin Özlü Akseki
ISABELLE / André Gide / Çev. Aysel Bora
KADINLAR OKULU / André Gide / Çev. Tahsin Yücel
KALPAZANLAR / André Gide / Çev. Tahsin Yücel
THESEUS / André Gide / Çev. Aysel Bora

TOHUM ÖLMEZSE / André Gide / Çev. Aysel Bora
VATİKAN'IN ZİNDANLARI / André Gide / Çev. Tahsin Yücel
AÇLIK / Knut Hamsun / Çev. Deniz Canefe, Haydar Şahin
PAN / Knut Hamsun / Çev. Deniz Canefe, Haydar Şahin
VICTORIA / Knut Hamsun / Çev. Dilek Başak
ASLAN ASKER ŞVAYK / Jaroslav Hašek / Çev. Celâl Üster
ÇARKLAR ARASINDA / Hermann Hesse / Çev. Kâmuran Şipal
DEMIAN / Hermann Hesse / Çev. Kâmuran Şipal
DOĞU YOLCULUĞU / Hermann Hesse / Çev. Zehra Aksu Yılmazer
GENÇLİK GÜZEL ŞEY / Hermann Hesse / Çev. Behçet Necatigil, Kâmuran Şipal
KAPLICADA BİR KONUK / Hermann Hesse / Çev. Kâmuran Şipal
MASALLAR / Hermann Hesse / Çev. İris Kantemir
PETER CAMENZIND / Hermann Hesse / Çev. Kâmuran Şipal
SIDDHARTHA / Hermann Hesse / Çev. Kâmuran Şipal
AMERİKA / Franz Kafka / Çev. Ayça Sabuncuoğlu
BABAYA MEKTUP / Franz Kafka / Çev. Cemal Ener
BİR KÖPEĞİN ARAŞTIRMALARI / Franz Kafka / Çev. Tevfik Turan
BİR KAVGANIN TASVİRİ / Franz Kafka / Çev. Tevfik Turan
CEZA KOLONİSİNDE / Franz Kafka / Çev. Tevfik Turan
DAVA / Franz Kafka / Çev. Ahmet Cemal
DÖNÜŞÜM / Franz Kafka / Çev. Ahmet Cemal
MILENA'YA MEKTUPLAR / Franz Kafka / Çev. Esen Tezel
ŞATO / Franz Kafka / Çev. Zehra Aksu Yılmazer
DAĞIN SESİ / Yasunari Kawabata / Çev. Alper Kaan Bilir
KARLAR ÜLKESİ / Yasunari Kawabata / Çev. H. Can Erkin
KİRAZ ÇİÇEKLERİ / Yasunari Kawabata / Çev. H. Can Erkin
GO USTASI / Yasunari Kawabata / Çev. Habibe Salğar
DOĞMAYACAK ÇOCUK İÇİN DUA / Imre Kertész / Çev. Ayşe Selen
FİYASKO / Imre Kertész / Çev. Ersel Kayaoğlu
KADERSİZLİK / Imre Kertész / Çev. İlknur İgan
POLİSİYE BİR ÖYKÜ / Imre Kertész / Çev. Ersel Kayaoğlu
TASFİYE / Imre Kertész / Çev. Ersel Kayaoğlu
AYRILIK VALSİ / Milan Kundera / Çev. Şirin Etik
BİLMEMEK / Milan Kundera / Çev. Aysel Bora
BİR BULUŞMA / Milan Kundera / Çev. Roza Hakmen
GÜLÜNESİ AŞKLAR / Milan Kundera / Çev. Serdar Rifat Kırkoğlu
GÜLÜŞÜN VE UNUTUŞUN KİTABI / Milan Kundera / Çev. Erhan Bener
JACQUES İLE EFENDİSİ / Milan Kundera / Çev. Ayberk Erkay
KAYITSIZLIK ŞENLİĞİ / Milan Kundera / Çev. Ayça Sezen

KİMLİK / Milan Kundera / Çev. Aykut Derman
ÖLÜMSÜZLÜK / Milan Kundera / Çev. Aysel Bora
PERDE / Milan Kundera / Çev. Aysel Bora
ROMAN SANATI / Milan Kundera / Çev. Aysel Bora
SAPTIRILMIŞ VASİYETLER / Milan Kundera / Çev. Özdemir İnce
ŞAKA / Milan Kundera / Çev. Zehra Gençosman
VAROLMANIN DAYANILMAZ HAFİFLİĞİ / Milan Kundera / Çev. Fatih Özgüven
YAŞAM BAŞKA YERDE / Milan Kundera / Çev. Levent Kayaalp
YAVAŞLIK / Milan Kundera / Çev. Özdemir İnce
LEOPAR / Giuseppe Tomasi Di Lampedusa / Çev. Semin Sayıt
SİREN / Giuseppe Tomasi Di Lampedusa / Çev. Nevin Özkan
ÇÖL / J.M.G. Le Clézio / Çev. Ela Güntekin
GÖÇMEN YILDIZ / J.M.G. Le Clézio / Çev. Aysel Bora
YANARDAĞIN ALTINDA / Malcolm Lowry / Çev. Sinan Fişek
CAN PAZARI / Curzio Malaparte / Çev. Neyyire Gül Işık
KAPUTT / Curzio Malaparte / Çev. Neyyire Gül Işık
ALDANAN KADIN / Thomas Mann / Çev. Esen Tezel
BUDDENBROOKLAR / Thomas Mann / Çev. Kasım Eğit, Yadigar Eğit
BÜYÜLÜ DAĞ / Thomas Mann / Çev. İris Kantemir
DEĞİŞEN KAFALAR / Thomas Mann / Çev. Kasım Eğit, Yadigar Eğit
DOKTOR FAUSTUS / Thomas Mann / Çev. Zehra Kurttekin
DOLANDIRICI FELIX KRULL'UN İTİRAFLARI / Thomas Mann / Çev. Kasım Eğit, Yadigar Eğit
EFENDİ İLE KÖPEĞİ / Thomas Mann / Çev. Esen Tezel
MAJESTELERİ KRAL / Thomas Mann / Çev. Şeyda Öztürk
SEÇİLEN / Thomas Mann / Çev. İris Kantemir
TONIO KROGER / Thomas Mann / Çev. Fatih Özgüven
VENEDİK'TE ÖLÜM / Thomas Mann / Çev. Behçet Necatigil
YOL HİKÂYELERİ / Thomas Mann / Çev. Ayça Sabuncuoğlu
ALTIN KÖŞK TAPINAĞI / Yukio Mişima / Çev. Ali Volkan Erdemir
AŞKA SUSAMIŞ / Yukio Mişima / Çev. Ali Volkan Erdemir
BİR MASKENİN İTİRAFLARI / Yukio Mişima / Çev. Zeyyat Selimoğlu
DALGALARIN SESİ / Yukio Mişima / Çev. Zeyyat Selimoğlu
DENİZİNİ YİTİREN DENİZCİ / Yukio Mişima / Çev. Seçkin Selvi
BAHAR KARLARI – Bereket Denizi 1 / Yukio Mişima / Çev. Püren Özgören
KAÇAK ATLAR – Bereket Denizi 2 / Yukio Mişima / Çev. Püren Özgören
ŞAFAK TAPINAĞI – Bereket Denizi 3 / Yukio Mişima / Çev. Püren Özgören
MELEĞİN ÇÜRÜYÜŞÜ – Bereket Denizi 4 / Yukio Mişima / Çev. Püren Özgören

YAZ ORTASINDA ÖLÜM / Yukio Mişima / Çev. H. Can Erkin
YILDIZ / Yukio Mişima / Çev. Vaner Alper
AİLE BAĞLARI / Irène Némirovsky / Çev. Ebru Erbaş
AYAKLARINA DOKUNURUM GÖLGEDE / Pablo Neruda / Çev. Adnan Özer
EVRENSEL ŞARKI / Pablo Neruda / Çev. Adnan Özer
KURUNTULAR KİTABI / Pablo Neruda / Çev. Alova
KUŞLAR SANATI / Pablo Neruda / Çev. Alova
YERYÜZÜNDE KONAKLAMA / Pablo Neruda / Çev. Alova
KIZ / Edna O'Brien / Çev. Seda Çıngay Mellor
AĞUSTOS'TA TATİL / Cesare Pavese / Çev. Eren Cendey
AY VE ŞENLİK ATEŞLERİ / Cesare Pavese / Çev. Rekin Teksoy
GECELERİ, SOKAKLARDA / Cesare Pavese / Çev. Şemsa Gezgin
GÜZEL YAZ / Cesare Pavese / Çev. Eren Cendey
HAPİSHANE / Cesare Pavese / Çev. Eren Cendey
KUMSAL / Cesare Pavese / Çev. Eren Cendey
LEUKO İLE SÖYLEŞİLER / Cesare Pavese / Çev. Kemal Atakay
SENİN KÖYLERİN / Cesare Pavese / Çev. Egemen Berköz
TEPEDEKİ EV / Cesare Pavese / Çev. Eren Cendey
TEPELERDEKİ ŞEYTAN / Cesare Pavese / Çev. Egemen Berköz
YAŞAMA UĞRAŞI / Cesare Pavese / Çev. Cevat Çapan
YALNIZ KADINLAR ARASINDA / Cesare Pavese / Çev. Rekin Teksoy
YOLDAŞ / Cesare Pavese / Çev. Rekin Teksoy
HARİKALAR ODASI / George Perec / Çev. Esra Özdoğan
PARALI ASKER / George Perec / Çev. Esra Özdoğan
ANARŞİST BANKER / Fernando Pessoa / Çev. Emrah İmre
HUZURSUZLUĞUN KİTABI / Fernando Pessoa / Çev. Saadet Özen
UZAKLIKLAR, ESKİ DENİZLER / Fernando Pessoa / Çev. Cevat Çapan
SADAKAT / Gregor von Rezzori / Çev. Zehra Kurttekin
DÖRTLÜ / Jean Rhys / Çev. Pınar Kür
GÜNAYDIN GECE YARISI / Jean Rhys / Çev. Pınar Kür
AYDINLAR ÜZERİNE / Jean-Paul Sartre / Çev. Aysel Bora
BİR YÖNETİCİNİN ÇOCUKLUĞU / Jean-Paul Sartre / Çev. Eray Canberk
BULANTI / Jean-Paul Sartre / Çev. Selâhattin Hilâv
DUVAR / Jean-Paul Sartre / Çev. Eray Canberk
EDEBİYAT NEDİR? / Jean-Paul Sartre / Çev. Orçun Türkay
ÖZGÜRLÜK YOLLARI 1 – Akıl Çağı / Jean-Paul Sartre / Çev. Gülseren Devrim
ÖZGÜRLÜK YOLLARI 2 – Yaşanmayan Zaman / Jean-Paul Sartre / Çev. Gülseren Devrim
ÖZGÜRLÜK YOLLARI 3 – Yıkılış / Jean-Paul Sartre / Çev. Gülseren Devrim

ÖZNELLİK NEDİR? / Jean-Paul Sartre / Çev. İnci Malak Uysal
SÖZCÜKLER / Jean-Paul Sartre / Çev. Selâhattin Hilâv
YÖNTEM ARAŞTIRMALARI / Jean-Paul Sartre / Çev. Serdar Rifat Kırkoğlu
AMERİKA'DA / Susan Sontag / Çev. Püren Özgören
BEN, VESAİRE / Susan Sontag / Çev. Gökçin Taşkın
BÖYLE YAŞIYORUZ ARTIK / Susan Sontag / Çev. Cem Akaş
FOTOĞRAF ÜZERİNE / Susan Sontag / Çev. Osman Akınhay
METAFOR OLARAK HASTALIK – AIDS VE METAFORLARI / Susan Sontag / Çev. Osman Akınhay
YANARDAĞ SEVDALISI / Susan Sontag / Çev. Mehmet H. Doğan
HAYAT İŞTE / Italo Svevo / Çev. Neyyire Gül Işık
YAŞLILIK / Italo Svevo / Çev. Neyyire Gül Işık
ANAHTAR / Juniçiro Tanizaki/ Çev. H. Can Erkin
BAZILARI ISIRGAN SEVER / Juniçiro Tanizaki/ Çev. Devrim Çetin Güven
ÇILGIN BİR İHTİYARIN GÜNCESİ / Juniçiro Tanizaki/ Çev. Vaner Alper
NAZLI KAR / Juniçiro Tanizaki/ Çev. Esin Esen
SAZENDE ŞUNKİN / Juniçiro Tanizaki/ Çev. Oğuz Baykara
ÇIPLAK SOKAK / José Mauro de Vasconcelos / Çev. İnci Kut
DELİFİŞEK / José Mauro de Vasconcelos / Çev. İnci Kut
GÜNEŞİ UYANDIRALIM / José Mauro de Vasconcelos / Çev. Saadet Özen
KARDEŞİM RÜZGÂR KARDEŞİM DENİZ / José Mauro de Vasconcelos / Çev. Zeyyat Selimoğlu
KAYIĞIM ROSINHA / José Mauro de Vasconcelos / Çev. Emrah İmre
KIRMIZI PAPAĞAN / José Mauro de Vasconcelos / Çev. Şehsuvar Adil
ŞEKER PORTAKALI / José Mauro de Vasconcelos / Çev. Emrah İmre
YABAN MUZU / José Mauro de Vasconcelos / Çev. Emrah İmre
GALÁPAGOS / Kurt Vonnegut / Çev. Handan Balkara
KEDİ BEŞİĞİ / Kurt Vonnegut / Çev. Mahir Ünsal Eriş
KUŞA BAK / Kurt Vonnegut / Çev. Işıl Özbek Arslan
ÖLÜMDEN BETER YAZGILAR / Kurt Vonnegut / Çev. Figen Dereli
MEZBAHA BEŞ / Kurt Vonnegut / Çev. Figen Dereli
ŞAMPİYONLARIN KAHVALTISI / Kurt Vonnegut / Çev. Cem Akaş
TİTAN'IN SİRENLERİ / Kurt Vonnegut / Çev. Hamdi Koç
İNSAN HAKLARI / H.G. Wells / Çev. Celâl Üster, Ayla Ortaç
İYİMSER BABANIN KIZI / Eudora Welty / Çev. Zeynep Baransel